MES
AMUSEMENS

DANS LA PRISON

DE

SAINTE - PÉLAGIE,

Par SAINT - DESIRÉ.

Ouvrage imprimé aux frais de l'auteur.

Prix : 1 fr. 5o cent.

Se trouve à Paris, chez Sombert, libraire, boulevard St. Martin, N°. 11, en face de l'ancien Opéra ;
et chez les marchands de Nouveautés.

An X. — 1801.

CONTE XXIII.

LE GASCON DÉCONTENANCÉ.

On raconte qu'un jour, avec un fier Brestois,
Un Gascon voyageait, non par la Diligence,
Mais à pied. Les voilà qui traversent un bois.
Le Gascon jusques-là parlait de sa vaillance,
Craignait peu les voleurs : sa seule contenance
En avait fait enfuir un matin jusqu'à trois.
    Comme il parlait, voici que d'une cache
    Sort un bandit, dont la noire moustache
       Lui glace tout-à-coup la voix.
Le voleur cependant de cent pas les regarde :
     Lui-même on le croirait peureux ;
     Car il hésite : il les voit deux,
     Il n'est pas sûr qu'il se hasarde.
Le Brestois, qui n'a peur ni de loin ni de près,
Dit à son camarade : eh bien ! et le courage ?
Lors le Gascon : sandis ! jé crois qu'il déménage ;
    Attendez-moi ; jé vais courir après.

CONTE XXIV.

LA DÉCOUVERTE.

Midi sonnait ; j'étais sur mon donjon :
Vers un château je braquai ma lunette.
Je regardai : je vis dans un salon,
Près d'une fille un très-joli garçon

MES
AMUSEMENS

DANS LA PRISON

DE SAINTE-PÉLAGIE,

DÉDIÉS

AU

PREMIER CONSUL.

MES
AMUSEMENS
DANS LA PRISON
DE
SAINTE - PÉLAGIE,
Par SAINT - DESIRÉ.

ALEXANDRE disait que son gouverneur, LÉONIDAS, lui avait enseigné que, pour dîner agréablement, il fallait se lever matin et se promener long-tems.

QUINT-CURCE.

Le Disciple de Léonidas n'était pas à Sainte-Pélagie.

A PARIS.
DE L'IMPRIMERIE D'EVERAT,
RUE DU BOUT-DU-MONDE, N°. 142.

AVIS.

Nous nous étions promis de donner au Public un Journal de notre Société, sous le nom des Dinés de Sainte-Pélagie ; mais, séparés, soit par des mutations, soit par quelques mises en liberté, ou soit enfin par quelqu'autre incident, nous n'avons pu effectuer notre plan.

Réduit à mes seules productions, et à un petit nombre de Pièces fugitives, appartenant à mes Camarades (1), qui sont restées dans mon porte-feuille, je les offre au public.

Le nouveau, selon moi, vaut encore son prix.

Amis généreux et sensibles, qui êtes

_____
(1) Elles sont désignées par le nom de l'auteur.

venus nous consoler dans notre prison,
c'est à vous que nous adressons nos re-
mercîmens ; vous qui daignâtes partager nos malheurs, sans avoir l'inquiétude de ces égoïstes, à qui la crainte fait
oublier qu'il est des infortunés.

Tendre Amitié, doux charme de la vie,
Reçois ici notre encens et nos vœux :
Nous souffrions, tu vins à Pélagie ;
Quand tu parus on fut moins malheureux.

EPITRE AU LECTEUR.

L'ÉDUCATION orne nécessairement l'esprit comme le cœur ; d'elle dépend l'harmonie sympatique de la société. Les hommes ressemblent aux oiseaux ; chaque race se distingue, se rassemble, et ne se plaît qu'avec les volatils du même ramage.

Le malheur, qui réunit tous les hommes, les fait se rechercher suivant leurs convenances sociales. On se voit, on se désire, on se rapproche, on se parle, on se convient ; bientôt on se doit des consolations réciproques, et voici comme, sous les verroux, il s'est quelquefois formé des liaisons.

Chacun a sa portion d'esprit et de talens ; chacun les met en avant, et cherche, en les faisant valoir, à dissiper l'ennui du cercle dont il fait partie. En vain voudrions - nous tenter l'incorruptible Campé (1), en vain ferions - nous

(1) Campé, géolière du Tartare : Jupiter la tua.

boire gaîment les vins délicieux d'Argenteuil,
de Surenne *et* de Nanterre, *à la méfiante
Carra* (1)*; rien ne pouvant nous sauver d'ici
que la fille de Jupiter et d'Astrée* (2)*, il faut au
moins que notre imagination nous venge de l'in-
corruptibilité de l'une et de la méfiance de l'autre, et nous fasse attendre un sourire de Thémis.*

---

(1) Carra, déesse des gonds et des portes : Ovide
lui donne la fonction d'ouvrir et de fermer.

(2) La Justice.

ÉPITRE

AU

PREMIER CONSUL.

Sois juste, si tu veux qu'on te rende justice, (1)
Mais crains d'assimiler l'erreur avec le vice ,
La bravoure et le crime , et sache que jamais
L'homme mû par l'honneur ne commit de forfaits.
Je sais des préjugés la vulgaire influence ;
Que du peuple , à son gré , l'on trompe la croyance ;
Que le peuple cruel , ingrat et soupçonneux,
Se déclare aisément contre les malheureux ;
Qu'il confond les vertus , l'héroïsme et les crimes ;
Mais calme raisonneur sur le choix des victimes,
Ce peuple , extrême en tout , facile à l'amitié,
Change dans un moment sa fureur en pitié ;
Il regrette l'instant qui le fit être injuste,

b

Et bientôt les remords le rendent plus auguste.

Lorsqu'on doit commander , il faut être au-dessus
De ceux que l'on commande , et montrer des vertus ; (2)
Se méfier de tout, et se craindre soi-même :
Il n'est toujours qu'un pas de l'injuste à l'extrême. (3)
L'amour , plus que la crainte , a des droits sur nos cœurs ;
L'un inspire la paix , et l'autre des fureurs. (4)
La bonté , sur notre ame , épand son influence ;
L'on se fait des amis avec de la clémence : (5)
Mais à tort , prétend-t-on maîtriser le destin ,
Les méchans rarement prennent le bon chemin. (6)

Je sais que la terreur rétrécit le génie. . . . . . .
Mais que sert la vertu contre la calomnie ?
De perfides agens crains les dehors trompeurs ;
Le peuple qu'on opprime a toujours des vengeurs.
Trop de précaution souvent nous est nuisible ,
Le courage lui seul est sans cesse infaillible. (7)
La fortune est toujours compagne de l'esprit ;
Qui raisonne l'enchaîne , et par-tout la conduit.
L'intérêt nous fait rendre un culte à la puissance ,
L'homme , par habitude , et la craint et l'encense :
Ainsi , tous les mortels adorent la faveur ,
Le vice , le pouvoir , l'amour et la terreur.

Le premier des métiers est le métier des armes ;
La guerre a ses plaisirs , la victoire a ses charmes :
L'amant , l'ambitieux , le fidèle sujet
Trouve au milieu des camps un légitime attrait ;
Des héros, des vainqueurs (8) la gloire est protectrice ;

Mais l'immortalité souvent est un supplice :
Il faut justifier toutes ses actions
A ses contemporains , aux générations ;
Et si l'on doit régner par crainte ou par puissance ,
La gloire est un tourment, plus qu'une récompense.

HURARD-SAINT-DÉSIRÉ,

Ancien Capitaine de hussards , prisonnier d'état
à Pélagie , depuis neuf mois.

Ce premier vendémiaire , an 10.

NOTES.

(1) ZOROASTRE, premier législateur connu, a dit de s'abstenir, quand on est dans le doute si l'action qu'on va faire est juste ou non.

Adorez le ciel et soyez justes, voici la seule religion des princes chinois, des mandarins et des gens honnêtes du pays. Aucun de leurs empereurs n'en a eu d'autre, d'après *Confutsé*, que nous nommons Confucius, et qui a dit : *traite autrui comme tu veux qu'on te traite.*

Chaque nation eut des rites religieux particuliers, et très-souvent d'absurdes et révoltantes opinions en métaphysique, en théologie : mais s'agit-il de savoir s'il faut être juste? tout l'univers est d'accord.

Le juste est l'unique cause qui fait subsister la société humaine, cause subordonnée au besoin que nous avons les uns des autres.

Quel est l'âge où nous connoissons le juste et l'injuste ? l'âge où nous connoissons que deux et deux font quatre : alors, que de personnes peuvent connaître de la justice d'une autre.

(2) Lorsque le duc de New.... fut annoncer avec joie, à Georges, la mort de sir Watkirs : J'en suis fâché, répondit le roi, c'était un digne homme, et un ennemi déclaré.

(3) Quel est le principe d'un législateur ? C'est de donner la préférence à la loi qui aura le moins d'inconvéniens.

(4) Lycurgue, se vengeait des injures, en rendant l'offenseur son ami.

(5) Auguste pardonna à Cinna et à ses complices, et les accabla de bienfaits.

(6) Les Stoïciens suivaient la philosophie de Zénon, et soutenaient que les méchants étaient fous.

(7) Frédéric n'a jamais fait périr un homme, et vivait sans gardes : voici la confiance.

(8) La gloire des armes fait le grand Conquérant, et non pas le grand homme : Alexandre fut un vainqueur ; Timoléon, un héros.

MES AMUSEMENS

A

SAINTE-PÉLAGIE.

En écrivant ceci j'écris à plus d'un cœur ;
La vertu prend toujours intérêt au malheur.

Tout finit par des chansons, a dit Beaumarchais, dans sa comédie de *Figaro*. C'est ainsi, qu'en nous faisant chanter, il a dépeint le caractère de la nation française : S'est-il trompé ? Pendant que l'on canonnait la bastille, que l'on menait des victimes aux échafauds, que l'on égorgeait dans les prisons, on dansait à Paris, dans ses faubourgs, et l'on chantait partout.

Heureux français ! toi qui étais le modèle de l'amabilité, de la douceur et de la politesse, pourquoi ?.... pourquoi ?.... Ah ! pourquoi

sommes-nous à Sainte-Pélagie ? L'on inventa
les prisons pour y receler des criminels : que
l'homme honnête nous fixe , il verra si nos visages sont empreints du sceau qui doit nous
proscrire de la société.

Gais à travers nos grilles , nous jouissons du
calme de l'innocence , et nulle inquiétude ne
trouble la sérénité de notre ame ; mais l'ennui
allait nous atteindre, il fallut chanter , et pour
cet effet trois d'entre nous se proposèrent de
former une société qui concourût à l'écarter
de notre asile.

Le malheur nous accable, et l'ennui nous consume;
Il fallait les chasser, nous fîmes ce volume.
Ne croyez pas, lecteurs, qu'étant sous les verroux,
Les Muses n'osent point se rendre parmi nous :
Partout on fait des vers, partout est le Parnasse,
Dans son lit, dans la rue, au milieu d'une place,
Sur les genoux de Lise, aux champs, dans les guérêts,
Au bord d'une onde pure, à l'abri des forêts,
Sous la tente, en prison, à la cour, au village ;
Tout est le cabinet du génie et du sage.

Heureux celui qui, sachant se suffire à lui-
même, emporte avec soi, dans l'obscurité de

ses cachots , l'espérance de pouvoir récréer son esprit et son cœur.

Mortels , devant les arts , fléchissez les genoux :
Ici bas quatre sœurs naquirent parmi nous ;
   La musique , la peinture ,
  La poésie et la sculpture :
Habitantes du monde, elles forment nos cœurs,
Nous donnent de l'amour , adoucissent nos mœurs :
   Aimables cosmopolites
   Elles remplissent l'univers ;
   Les zônes sont leurs limites :
Partout on peint, on sculpte, on chante, on fait des vers (1).

A peine l'idée d'une société fut-elle conçue que nous résolûmes de la mettre en exécution.

L'heure fatale de la retraite arrive ; la cloche est en vol ; succède le bruit des clés ; enfin ce-

---

(1) Jubal est l'inventeur de la musique instrumentale : il en trouva les proportions dans le son produit par les marteaux de Tubalcaïn.

Quand à la poésie, elle semble avoir inspiré toutes les nations à l'aurore des lettres , particulièrement après la prise de Constantinople, où tous les Grecs, et les sciences avec eux, se réfugièrent en Europe, et particulièrement en Italie , et en France sous François premier , qui fut nommé le restaurateur des lettres.

lui des gonds et des verroux. Comme un autre je subis la cruelle fermeture; mais libre de
ma pensée, je me mis à mon bureau, et je
composai cette chanson.

Air : *C'est le meilleur homme du monde.*

Sans savoir qui nous met ici ;
Sans savoir pourquoi nous y sommes,
Si nous sortirons aujourd'hui,
Ou si nous cesserons d'être hommes,
Quel vertige nous prend à tous ;
Pourquoi vouloir avec audace,
Quand nous ressemblons à des fous,
De la prison faire un Parnasse.

Chaulieu, La Fare et maints auteurs
Ont sablé souvent le Champagne ;
Ils mêlaient l'esprit aux liqueurs
Dans un rendez-vous de campagne.
Voudrions-nous donc imiter
Les fins dînés du Vaudeville ?
On s'est plu de nous arrêter,
Et tous ces messieurs sont en ville.

Qui diable nous inspirera,
Ensemble et près d'une bouteille ?
Je sais que le vin anima

Plus d'un poëte sous la treille ; (1)
Mais c'est qu'à table avec Bacchus,
Dans un des jardins de Cythère,
La divine et tendre Vénus
Lui versait le vin à plein verre.

Vénus n'aime point les verroux,
Les Muses n'aiment point les grilles ;
Il vaudrait beaucoup mieux pour nous
Aller riboter aux courtilles :
Là, nous pourrions, sous notre bras,
Mener et Vénus et les Muses ;
Nous y fêterions leurs appas,
Quitte à leur faire nos excuses.

Mais il faut bien passer le tems :
Puisqu'il est un terme à la vie,
Égayons donc tous les momens
Que nous passons à Pélagie.
Plus d'un amant croit être heureux
Endormi loin de ce qu'il aime ;
Amans, auteurs, faisons comme eux,
Loin des Muses soyons de même.

Ma chanson fut chantée ; mais l'on n'en procéda pas moins à une circulaire, pour inviter

---

(1) Les pères du genre lyrique ont été d'aimables débauchés de toute espèce. Anacréon, Horace, Catule, chansonniers anciens, ont donné l'exemple à nos chansonniers modernes.

les personnes dont nous convînmes. Je fus chargé de la rédaction de la lettre ; la voici.

A MONSIEUR ★★★

MONSIEUR,

Chacun semble être ici dans son cabinet de réflexion, et l'ennui commence à nous gagner. Vous êtes invité de vous trouver ce soir, à six heures précises, chambre N°. 9, *au troisième*, pour y statuer sur un diné de réunion, projetté par l'amitié prévoyante.

Il n'y aura que les personnes qui, comme vous, monsieur, possèdent quelques talens qui y seront admises.

Air : *du Vaudeville de Figaro.*

Si le tems impitoyable
A marqué notre destin,
Rendons-le plus agréable
Au milieu d'un bon festin ;
L'on ne compte point à table
Le tems qu'on passe en prison ;
Chacun chante *sa* chanson. *bis.*

Réunis au nombre de neuf, nous formâmes notre société sous la dénomination des *Dinés de Sainte-Pélagie*. Ce sont les productions auxquelles elle a donné lieu que nous offrons au public : puisse-t-il les accueillir avec indulgence ! Il y reconnaîtra peut-être des pinceaux jeunes encore (1) ; mais il y verra le calme de l'innocence, qu'on n'a pu nous ravir avec la liberté.

> Dès son principe une assemblée,
> Savante, honnête et bien réglée,
> Comme l'on sait, élit un président.
> Le nôtre, homme sage et prudent,
> Sans période entortillée,
> Proposa le code suivant.
>
> Liberté, concorde, indulgence.
> De par nous il est arrêté
> Qu'on bannira de la séance
> Les froids bons mots, la médisance,
> Les calembourgs et la causticité.
> Puisque le sort nous prive de nos belles
> Chacun de nous épousera
> L'une des célèbres pucelles,

---

(1) L'auteur de la pièce suivante, et de beaucoup d'autres, est âgé de 21 ans.

Et parmi nous il portera
Le nom chéri de l'une d'elles.
Nymphes du Pinde, ah! puissiez-vous,
Aux soins de vos nouveaux époux,
Ne pas être rebelles.
Pour égayer notre Hélicon
Et ranimer les verves endormies,
Faisons parfois de joyeuses orgies.
Bacchus est frère d'Apollon,
Et bien souvent, dans son délire,
Il dicta plus d'une chanson
Que sur le Parnasse on admire.

OLLIVIER.

Nous applaudîmes à un réglement aussi sage;
et il fut résolu d'une voix unanime qu'un diné
nous rassemblerait tous les cinq jours, et que
chaque sociétaire serait tenu d'y apporter quelque pièce nouvelle. Poëtes, nous rimâmes,
peut-être en dépit d'Apollon.

Muse légère et facile,
Toi qui préside aux écrits séduisans
Des chantres du vaudeville,
Viens inspirer nos lyres et nos chants.

OLLIVIER.

La trompette de la renommée éveilla l'envie ici comme ailleurs. Bientôt à la porte de la société furent collés pamphlets, brocards, épigrammes, boutades, chansons, etc.

Des diseurs de grands mots et des diseurs de rien,
Des bâtards d'Apollon, anciens clercs de baillage,
　　Du bien d'autrui firent leur propre bien.
Hélas ! qu'eût-il resté si, parmi ce pillage,
Chacun y fût venu pour reprendre le sien ?
　　　　　　Rien.

C'est ainsi que cette funeste divinité, au teint livide, à la vue égarée, qui dicte les écrits éphémères, qui met au pauvre les armes à la main contre le riche, l'envie enfin, l'envie voulut aussi diriger ses traits sur nous.

L'on nous écrit, et le combat s'engage;
　　Les brocards pleuvent à foison.
Qui l'emporta? c'est notre Aréopage :
Le plus fort en tous tems n'a-t-il pas eu raison ?
　　　　　　OLLIVIER.

Des écouteurs aux portes, car il y en a partout, et qui n'ont point fait le cercle ou la soirée à la mode (1), des plagiaires connus par

_____

(1) Chacun sait ce qu'on a dit de POINSINET, auteur du cercle.

leurs vols, et pris la main dans le sac (1). Tous ces messieurs voulurent jetter un ridicule sur nous. N'était-ce point le cas de dire :

O toi qui veux glôser, pauvre et triste glôseur,
Apprends que fort souvent on glôse le glôseur ;
Car, en voulant rimer sans connaître la rime,
　　　Rimant tout hors la rime,
Et voulant sans raison raisonner la raison,
Tout prouve que tu n'as ni rime ni raison.

La chambre de nos assemblées étant dans l'angle du corridor, qui en cet endroit fait une espèce de carrefour, et dessine un carré octogone, nous affichâmes sur la porte de notre chambre MARFORIO à PASQUIN, et sur celle vis-à-vis la nôtre, PASQUIN à MARFORIO, ce qui fit nommer ce passage place de ROME (2).

Nous nous étions imaginé qu'une lutte d'esprit, de bons mots et de saillies allait s'engager : le contraire arriva.

(1) Parmi nous il s'est trouvé un auteur auquel un de nos sociétaire a reproché d'avoir pris un épisode de son ouvrage.

(2) Rome étoit représentée par une statue qui tenait en main une pomme d'or, dans le Colisée.

Rieurs insignifians de notre humble assemblée,
Croyez que par vos vers devenant immortels,
Vous serez, ce que sont parmi les immortels,
L'âne de Balaam, non celui d'Apulée. (1)

---

(1) Lucius Apulée vivoit sous les Antonins ; il naquit vers le milieu du deuxième siècle ; il était de Madaure, aujourd'hui *Madara*,
petit bourg du royaume de Tunis ; son père se nommait Thésée,
sa mère Sylvia, et était de la famille du fameux Plutarque. Comme
tout le livre roule sur la métamorphose d'Apulée en âne, l'ouvrage
fut nommé l'Ane d'Apulée, et par excellence l'Ane d'or, les anciens ayant coutume d'appeller un excellent ouvrage, un ouvrage
d'or. Les vers de Pythagore furent appellés *les vers d'or*.

L'Ane d'Apulée est une satyre continuelle des désordres dont les
magiciens, les prêtres et les voleurs remplissaient le monde du
tems d'Apulée. Cependant Apulée n'est point l'inventeur de cette
métamorphose ; il l'a prise dans *Lucien* ou dans *Lucius de Patras*,
qui était avant Lucien ; mais Apulée l'a si bien embellie par quan-
tité d'épisodes charmans, surtout par la fable de Psiché, et tous ces
incidens sont si heureusement liés, qu'on peut regarder l'Ane d'or
comme le modèle de tous les romans.

GUERRE POLÉMIQUE.

GUERRE POLÉMIQUE. *

ÉPITAPHE

DES NEUF MEMBRES DES DINÉS DE SAINTE-PÉLAGIE.

CI gissent des neuf sœurs les époux impuissans ;
Passans priez pour eux, et pleurez sur leurs belles ;
En vain ils ont uni la vigueur aux talens,
Leurs pudiques moitiés sont encore pucelles.

LABLAIRIE.

RÉPONSE.

IMPROMPTU.

QUELQUEFOIS il se peut qu'un poëte succombe ;
Le fils de Dieu, dit-on, lui-même a succombé :
Mais, s'il n'a qu'une fois pour nous ressuscité,
Le poëte toujours vit et sort de sa tombe.

---

* Les traités que St. Augustin a faits sur la grâce, contre les Pélagiens, sont des ouvrages polémiques.

Air : *J'ai vu partout dans mes voyages.*

Petits savans de Pélagie,
Pour vivre ordonnez maints repas ;
Puis formez une académie
Pour vivre au-delà du trépas ;
A vos œuvres *inconcevables*
Je souhaite un heureux destin !
Mais de ces travaux admirables
Le meilleur sera le festin.

Ménégaut-de-G...y.

RÉPONSE.

IMPROMPTU.

Air : *Il faut des époux assortis.*

En tout il faut être assortis
Au Parnasse comme à Cythère :
La rose naît parmi les lys,
Le chardon rampe sur la terre.
Marsyas n'est point Apollon,
Vénus n'est point une Furie ;
Notre muse est sur l'Hélicon,
Et la vôtre est en Arcadie.

STANCES SATYRIQUES

CONTRE CHACUN DES MEMBRES DE LA SOCIÉTÉ.

UN bruit court, mais dois-je le croire ?
Les cheveux blancs et l'ame noire
De S ... est dit-on président
D'un nouvel établissement.

De ces héros la licence,
St. D....., par des travers,
Délayera quelqu'indécence
Dans un millier de mauvais vers.

L'ex-député, plein d'arrogance,
En grimaçant, en minaudant,
Dira comme il sauva la France
Par son courage et son talent.

O D....., flambeau de Pélagie,
Viens discuter tes doctes réglemens ;
Mais au talent de ta diplomatie
Joins s'il se peut les règles du bon sens.

De tous les peuples de la terre
G....., bégayant le patois,
Fera quelque long commentaire
Mi-grec, mi-latin, mi-hongrois.

Sur sa pipe et sur sa structure,
B.... nous parle savamment,
Tandis que d'un gilet charmant
O... nous fait la peinture.

Pour terminer cette séance
Et réveiller les endormis,
De S.. P...., doux et soumis,
Chevrotera quelque romance.

Plaignons le malheureux greffier,
Confus de tant d'extravagance,
Qui, cherchant à la pallier,
Perd son latin et sa science.

E.... N.

PREMIERE RÉPONSE. ⋆

Air : *J'ai vu partout dans mes voyages.*

GARDONS l'ennuyeuse sagesse
Pour notre dernière saison,
Trop-tôt le plaisir et l'ivresse
Cèdent le pas à la raison.
Soyez un peu déraisonnables,
Vous qui désirez d'être heureux !
La beauté veut des foux aimables,
Et non des sages ennuyeux.

⋆ Cette réponse est relative au gilet.

Si j'ai reçu de la nature
Un esprit frivole et léger;
Si l'on critique ma parure
Je suis loin de m'en affliger.
Pour la folie il n'est qu'un âge,
La rose n'éclot qu'au printems;
Et c'est encore se montrer sage
Que d'en prolonger les instans.

OLLIVIER.

SECONDE RÉPONSE. ★

Si j'ai, par quelques vers, fait rougir la pudeur,
Animé le jeune homme, ému de jeunes filles,
Ai-je, avec un poignard, égorgé des familles?
Non, j'en appelle aux sens ainsi qu'à mon lecteur.

TROISIEME RÉPONSE. ★★

Air *de la pipe de tabac.*

Je suis un fumeur intrépide,
J'en conviens, c'est la vérité;
Et vous un rimeur insipide
Enveloppé d'obscurité;

★ Relative à la seconde stance où il s'agit d'un ouvrage libre.
★★ Relative à la sixième stance.

Mais il vaut mieux, quoiqu'on en dise,
Fumer sa pipe de tabac,
Que de faire des vers qu'on prise
Moins qu'une prise de tabac.

QUATRAIN.

QUE ton sort est heureux, docte société,
Rien ne peut égaler ton travail admirable;
Ah! si tu dois mourir dans la postérité,
Tu vivras ici bas si l'on te juge à table.

LA BLAIRIE.

RÉPONSE.

IMPROMPTU.

EN VAIN vous mettez-vous l'esprit à la torture,
En vain de nos dînés blâmez-vous la luxure;
A la cour, sur le Pinde, et même dans ces lieux,
Le poëte est toujours à la table des Dieux (1).

---

(1) La table du Soleil était en Ethyopie ; les Dieux y allaient manger.

LA SOCIÉTÉ DES DINÉS,

AU PARTI DE L'OPPOSITION.

O mes amis ! vivons en bons chrétiens,
C'est le parti, croyez-moi, qu'il faut prendre.

VOLTAIRE.

Air : *Il faut des époux assortis.*

Puisqu'un même sort nous unit,
Loin d'aggraver ici nos peines,
Ah ! bien plutôt dans ce réduit
Semons quelques fleurs sur nos chaînes :
Le Parnasse a plus d'un laurier
Pour nos fronts avides de gloire ;
Les Neuf Sœurs, par plus d'un sentier,
Mènent au temple de mémoire.

Vous peignez nos torts dans vos chants ;
Chez vous, notre esprit moins sévère
N'apperçoit que vos agrémens
Et les plus doux moyens de plaire.
Dans ce poétique combat,
A vos vers nous joignons les nôtres ;
Mais ils n'obtiennent quelqu'éclat
Qu'en empruntant celui des vôtres.

Amis, servons le dieu des vers,
Sans bruit, sans courroux, sans alarmes ;
Et les vœux par nos cœurs offerts
Auront à ses yeux plus de charmes.
Pour lui faire agréer ces dons,
Vous serez conduits par les graces ;
Mais ceux que nous présenterons,
Nous les glanerons sur vos traces.

DE SADE.

PIÈCE

Qui a rapport au Couplet, page 16,

En tout il faut être assortis.

O mes amis, calmez votre courroux ;
Gardez pour d'autres chants votre aimable folie :
Chantez, faites chanter, Rose, Adèle, Julie ;
Cadeneez des couplets par des accords plus doux,
    Faites des vers à votre amie;
Brisons nos chalumeaux, ils ne sont pas pour nous.

Si j'ai mis votre muse aux plaines d'Arcadie ; (1)
S'il est là des géans (2), dont on sait la manie, (3)
Qu'on rencontre à *Montmartre*, à Londres, à Paris,
    Au Caire, à Vienne, et dans d'autres pays,
Mais, non point en Norwège, en Suède, en Laponie, (4)

---

(1) Arcadie, partie de Péloponèse, pays de toute la Grèce dont on raconte le plus de fables : Il fut célèbre par la pastorale. Ce pays est montueux ; il y a des pâturages et beaucoup de troupeaux.

(2) Géans. Il y a en Arcadie des Anes d'une taille extraordinaire.

(3) Manie. Rien n'est si entêté, et n'a autant de manies que les Anes.

(4) Laponie. Il n'y a point d'Anes dans ces contrées, ni en Pologne, ni en Dannemark, vu qu'il y fait très-froid.

Sachez au moins que les Arcadiens
Étaient de grands musiciens,
Et qu'ils étaient savans en poésie ;
Ne faites point mépris de l'Arcadie :
Arcas, fils de Jupin, la nomma de son nom ; (5)
Là, sur le Mont Azan (6), l'on célèbre Apollon.
Ce fut à Celœna (7), qui se trouve en Asie,
qu'on punit Marsyas (8), et non dans la l'Arcadie.

Tout a son beau côté ; se fâche qui veut bien ;
Et plus d'un Arcadien,
Et Barde et Troubadour (9) fut d'une académie :
L'on peut donc être académicien
A Rome (10), en Arcadie,

---

(5) Arcas, fils de Jupiter et de Calixte. Le dieu Pan était honoré en Arcadie plus qu'ailleurs, parce qu'on dit qu'il n'en sortait pas. Mercure naquit en Arcadie.

(6) Azan, Montagne d'Arcadie consacrée à Cybelle : elle fut appellée ainsi d'Azan fils d'Arcas.

(7) Celœna, Montagne d'Asie.

(8) Marsyas. Ce fut près de Celœna qu'Apollon l'écorcha tout vif : il fut le premier qui mit en musique les hymmes consacrés aux Dieux.

(9) Barde et Troubadour. Les Bardes étaient des poëtes célèbres chez les Celtes, qui ont été en grande réputation, et auxquels ont succédé les Troubadours chez les Gaulois.

(10) L'académie des Arcades à Rome prend son étimologie de celles établies chez les Arcadiens du Péloponèse.

Et même à Sainte-Pélagie;
Mais suivons ce proverbe ancien :
Chantons comme un Huron parle dans l'Arcadie; (11)
Pour s'entendre entre-soi, voici le seul moyen.

---

(11) *Dans l'Huronie chacun parle à son tour :* C'est un proverbe.

DINÉS.

PREMIER DINÉ.

Notre société, craignant d'être troublée,
  Voulut tenir séance le matin :
  Nous savons qu'après un festin
On perdit la raison dans plus d'une assemblée.

OLIVIER.

Instruits par l'expérience, nous préludâmes nos libations par la lecture des pièces suivantes.

LA MUSIADE. ★

Que va dire Apollon, que vont penser les muses ?
Quel trait d'extravagance, et quelle audace à nous !
De vouloir des Neuf Sœurs devenir les époux,
Pour les rendre à la fois suspectes et recluses ?

(★) Ainsi appellée des neuf membres qui avoient le nom des neuf muses.

Hélas! que de bontés! pour nous que de faveurs!
Quittant le dieu du jour, le Pinde et Castalie,
Pégase les amène à Sainte-Pélagie,
En dépit des jaloux, des dieux et des censeurs.

Là, près de Cupidon, de roses couronnée,
La charmante ERATO venant dans nos bosquets,
Une lyre à la main, la figure enjouée,
Inspire le B.... en faisant ses couplets.

La savante CLIO, présidant à l'histoire,
De l'aimable S.. P.... apprête les pinceaux,
Et conduisant sa main, chacun de ses tableaux
L'assure d'être inscrit au temple de mémoire.

La trompette à la main, d'un air majestueux,
Près des œuvres d'Homère, et près de l'Énéide,
CALLIOPE, éloquente, au ton de Thucydide,
Nous chante avec E.... les hommes et les dieux.

Chaussant le brodequin et de S.... et THALIE,
Sur la scène du monde instruisant chaque humain,
De lierre couronnés se tenant par la main,
L'une défait son masque, et l'autre la copie.

La célèbre URANIE, en consultant le ciel,
Est en robe d'azur, rayonnante d'étoiles,
Et vient de l'avenir nous déchirer les voiles :
D...... l'interroge et lui dresse un autel. (1)

_____

(1) Le temple des Muses est en Béotie: L'on y conservait les œuvres d'Hésiode, gravées sur des lames de plomb.

EUTERPE, sous ses doigts, fait résonner sa flûte ;
Chaque musicien la couronne de fleurs :
Elle inventa ses sons, G . . . les exécute,
Et nous fait admirer ses accords enchanteurs.

Un sceptre dans la main, de perles couronnée,
La belle POLYMNIE est de blanc habillée ;
Et l'ennemi du bleu, B . . . . a de son sang
Défendu la couronne et le sceptre et le blanc. (1)

THERPSICORE, gaîment nous marque la cadence,
Et comme L . . . précise les accords ;
Au son des instrumens elle chante, elle danse,
Et nous invite tous à boire à rouges bords.

Le cothurne à son pied, superbement vêtue,
Tenant sceptre, couronne et son sanglant poignard,
La grave MELPOMÈNE a sur moi son regard :
Je la vois, je frissonne et rougis à sa vue.

---

(1) Les Israélites, les Grecs et les Romains préféraient la cou-
leur blanche.

L'on dit que les mêmes troupes, qui ont combattu les armées
royales, partent pour réduire les nègres de Saint-Domingue :
C'est ce qui s'appelle aller du blanc au noir.

POT-POURRI,

POUR LE PREMIER DINÉ.

Air : *De la Baronne.*

À Pélagie,
Amis dissipons le chagrin
A Pélagie ;
Parmi les bons mots et le vin,
Faisant une joyeuse orgie,
Nous oublirons jusqu'à demain
Tout Pélagie.

Air *des Dettes.*

Notre modeste président
Va laisser son fauteuil vacant,
   C'est ce qui me désole ; *bis.*
Mais à cet écrivain charmant
Nous trouvons un bon remplaçant,
   C'est ce qui me console. *bis.*

Air *du mariage de Figaro.*

Chaque soir de la semaine,
Nous discutons de vains mots,

Tandis qu'une fois à peine
Nous mangeons de bons morceaux;
Ne prenons pas tant de peine
A faire de beaux discours,
Et dînons mieux tous les jours. *bis*.

Air : *Lorsque dans une tour obscure.*

Couvrons notre aimable folie
Des voiles épais du secret,
La malice qui nous épie
Irait instruire le Préfet.
Voyant chez nous tant d'allégresse
Et des visages si rians,
Il nous ferait la politesse
De prolonger ces doux instans.

E . . . . N.

VERS

ADRESSÉS A LA SOCIÉTÉ, EN LUI ENVOYANT UNE TOURTE A LA FRANCHIPANNE. *

Puisse cette rotonde embellir vos plaisirs !
De grace n'allez pas vous mettre à la torture
Et chercher vainement la vaine quadrature,
Plutôt en la goûtant remplissez mes désirs.

Par M. l'Abbé.....

RÉPONSE.

IMPROMPTU. ★ ★

Air : *O ma tendre Musette.*

De par l'Académie,
Et par de bons enfans,
L'Abbé, je vous supplie,
Venez en ces instans ;
Amenez votre amante,
Nous ferons des couplets,
Votre muse charmante
Manquait à nos banquets.

(*) On dit par corruption *franchipanne* : il faut dire frangipanne. C'est une espèce de confiture, dans laquelle on met d'un parfum inventé par un Italien, nommé Frangipani, qui en parfuma des gants, qui vinrent à la mode.

(**) Nous étions au dessert lorsque nous la reçûmes.

SECOND DINÉ.

FIN D'UN DISCOURS EN PROSE ; FAIT A LA SOCIÉTÉ. *

RIEN de si voluptueux à faire que les dînés du Vaudeville ; rien de si galant à lire ;
bon vin , mêts délicieux , belle humeur ,
femmes adorables : Ah ! ah ! ah !

Dans ces dînés charmans, où libre de soi-même ,
L'amour et la folie inspirent chaque auteur ;
Où , près de la beauté, l'on peut dire qu'on aime ,
Où l'ivresse des sens est un droit au bonheur !
    Où tout poëte est un Achille ;
    Toute muse une Omphale : hélas !
      Pour fêter tant d'appas,
L'on peut avec esprit rimer un vaudeville ,
    Et l'envoyer aux galans de la ville :
Mais que chanter ici , pour bien être inspiré ?
Le désir suffit-il pour être *désiré ?*
    Pour être lu ? Pour être chez les belles ?....
      De conquêtes nouvelles
      L'amour est altéré ;
Il ne lit nos écrits que pour jouir d'avance

(*) Je ne rapporte ici que ce qui tient à la littérature.

Du plaisir d'en pouvoir donner la récompense;
Sans cela, tous les vers ne sont point à son gré,
　　Seraient - ils sur papier timbré. (1)
Réduits enfin, sans Nymphes ni Bacchantes,
　　　　A célébrer de Bacchus
　　　　Les débauches bruyantes,
Laissons au vaudeville à chanter de Venus
　　　　La conquête galante;
Soit un tyrse à la main, soit en bâtons rompus,
Soit en chantant d'accord l'ivresse du bon jus,
En laissant les amans, les sages, les ciniques;
Réduisons notre muse aux vers dithyrambiques. (2)

---

(1) La plupart des femmes veulent qu'on leur témoigne en
vers l'amour qu'on a pour elles, et se gendarmeraient, si la
déclaration se faisait en prose.
　　　　　　　　　　　　　　　S. Evremont.

(2) Les poëtes étaient couronnés de lierre, parce qu'ils étaient
sous la protection de Bacchus.

VERS

SUR UN TABLEAU DE DIOGÈNE.

LA MUSE CLIO présenta à la Société un superbe tableau, (1) représentant Diogène le Cinique, sa lanterne à la main; le Président lui adressa les Vers qui suivent :

Diogène en cherchant un homme
Voulait trouver en lui des vertus, des talens ;
    Et chez les Grecs qu'on renomme,
Moins pour leurs mœurs, que pour leurs vrais savans,
Cette réunion n'était pas trop facile.
    Mes chers amis qu'en dites-vous ?
    En ce genre supposons-nous
    Notre France un peu plus fertile,
    Payerait-elle le tribut ?
Je ne sais, mais du moins j'affirme, à l'Institut,
Que le bon philosophe eût mis bas sa lanterne, (2)
Et que de sa recherche il eût atteint le but
Si son heureux pays eût vu naître Saint P...

                     DE S...

---

(1) Les peintres qui ont la vue courte, font d'ordinaire les plus excellens tableaux.

(2) Le pays des *Lanternois*, ou des *Lanternes*, est le pays des Sciences et des Savans. C'est ainsi que, dans l'âne d'or, Aristote est représenté tenant une lanterne : C'est ainsi que *Barthole* y est appellé la lanterne de droit.

POT-POURRI

POUR LE DEUXIÈME DINÉ.

Air : *La bonne aventure.*

Nous voilà tous réunis
  Par règle et mesure ;
Pour animer nos esprits,
  Plus d'un en murmure ;
Mais qui de nous chantera
En chœur, comme à l'Opéra :
  La bonne aventure
O gué, la bonne aventure.

Air : *Du haut en bas.*

Du haut en bas
L'on va nous taxer d'impudence,
  Du haut en bas,
Que nous font les cris des Mydas ?
Nous pouvons leur donner quittance
Et même les payer d'avance
  Du haut en bas.

Air : *Ça n'durera pas toujours.*

Un nuage se passe,
Le ruisseau prend son cours,

De tout l'homme se lasse,
Même de ses amours :
Il élève des tours,
Il trace des contours,
Mais, comme les beaux jours,
Rien ne dure toujours.

Air : *Dans la chambre des filles.*

Buvons tous à la ronde
Ne nous affligeons pas ;
Voyons tourner le monde
Et répétons tous bas,
Chantons, buvons, que tout nous abonde ;
Chantons Cypris et ses appas.

Air : *Triste raison.*

Au grand Bacchus buvons triple rasade ;
Du brave Mars chantons tous les hauts faits,
A nos Neuf Sœurs faisons une boutade,
Puis à Vénus adressons nos souhaits.

Air : *Sans un petit brin d'Amour.*

Sans l'amour tout est prison,
Hors Paris tout paraît prison,
Egayons notre prison
Etant tous en prison.

Un beau Palais, une tour enchantée
  Nous paraîtraient une prison ;
Vieille femme, maîtresse surannée,
  De même sont une prison.
Hors Paris tout paraît prison ;
   Egayons notre prison
    Etant tous en prison.

Air : *Père Capucin.*

Faisons un couplet, chacun à la nôtre,
Du Dieu du Pinde ce sont les impôts.
  Vidons chopines, pintes et pots,
  Au fond du verre sont les bons mots.
Faisons un couplet, chacun à la nôtre,
Que leurs bouches deviennent nos échos !

Air : *De la Baronne.*

  Sur notre lyre,
Mettons-nous tous à chantonner,
Jusqu'à ce qu'un charmant délire
Nous force tous à détonner,
  Sur notre lyre.

Air : *Ne v'la-t-il pas que j'aime.*

Au plaisir de déraisonner
  Qui voudrait contredire ?

Malheur à qui sait raisonner
Quand la beauté l'inspire.

Air : *O filii, O filiœ.*

Pour l'Amour Hercule fila,
Jupin se métamorphosa,
Plus d'un amant déraisonna :
        Alleluia.

Air : *Sainte-Génevieve dont le nom.*

Je n'aime point à désirer,
Je n'aime point à m'enivrer,
    Encor moins à médire ;
Mais entre Bachus et l'Amour
Buvant, chantant et nuit et jour,
        J'aime le mot
        J'aime le mot
    J'aime le mot pour rire.

Air : *A son lon la, la de rirette.*

Souvent auprès de Nanette
J'ai commis plus d'un larcin,
J'ai pris... mais, c'est en cachette,
Plus d'un baiser sur son sein :
Et son lon la, la de rirette,
Et son lon la, la de rira.

Air : *Du Ménuet d'Exaudet.*

Alte - là
Gardons ça
Pour moi - même,
Le plaisir veut du secret,
Devenir indiscret
Ne prouve pas qu'on aime ;
Je me tais,
Car jamais
Sur les belles,
Non, non, je ne tarirais,
Amour je m'étendrais
Sur elles.

Comme sur des fleurs nouvelles
Oui, je m'étendrais sur elles ;
Quel beau jour,
Pour l'Amour,
Quelle fête !
Je me roulerais par-tout,
Messieurs, jugez du coup...
De tête ! ! !

Quel bonheur !
Pour mon cœur,
Quelle extase !
Car dort - on

Sur le gazon ?
Non,
De par Cupidon,
Au contraire on s'y lasse.
Je me tais,
Car jamais
Sur les belles,
Non, non je ne tarirais,
Comme je m'étendrais
Sur elles !

Air : *Mesd'moiselles voulez-vous danser.*

Buvons tous à nos plaisirs,
C'est une joyeuse ivresse ;
Buvons tous à nos plaisirs,
Et noyons de vains désirs,
Ne parlons plus de tendresse,
Buvons à notre maîtresse ;
Loin d'elle, loin des plaisirs,
Que serviraient nos désirs.
Buvons tous à nos plaisirs ;
C'est une joyeuse ivresse,
Buvons tous à nos plaisirs,
Et noyons de vains désirs.

C H OE U R.

Air : *D'un Troubadour Béarnois.*

Aimons, chantons et buvons,
Ici, comme sur la treille,

Et n'ayant plus de tendrons·
Caressons notre bouteille ;
Faisons des vers à Cloris,
Ici, comme dans Paris.

Imitons les Troubadours,
Chantons les arts et les belles ;
Dans leurs vers, dans leurs amours
Qu'ils nous servent de modèles.
Faisons des vers à Cloris,
Ici, comme dans Paris.

Pour composer un bouquet
Des fleurs qu'on cueille au Parnasse,
Faisons tous notre couplet ;
Qu'un lac d'amour l'entrelasse.
Faisons des vers à Cloris,
Ici, comme dans Paris.

TROISIÈME DINÉ.

CHARGÉ par le Président , au nom de la Société , d'écrire à un auteur prisonnier d'état , et qui n'était point encore dans le département de la prison que nous occupions , voici l'épitre que je lus à la séance , et qu'on lui fit tenir.

Parmi tous les *on dit* , par maints et maints conteurs ,
Où dans votre secret (1) , asile des douleurs ,
N'avez-vous point appris , de dame Renommée ,
Nos dînés , nos travaux , notre nouveau Lycée ?
Ne vous y trompez pas , sur ce , lisez-moi bien.
Ce n'est point le Gymnase (2) , où chaque Athénien
Du célèbre Aristote écoutait la morale ;
Et c'est encore moins une École Centrale.
D'Athènes , ce n'est point le Temple d'Apollon , (3)
Des lieux où nous chantons ce n'est point là le nom ,

(1) Il venait d'en sortir le 97me. jour.
(2) Un des Lycées d'Athènes.
(3) Ce temple était aussi un Lycée.

4

Ce n'est point le Sommet qu'on voit en Arcadie , (1)
Notre Lycée enfin se tient à Pélagie.

Là , tranquilles amis , faisant , chantant des vers ,
Sans nous inquiéter du sort de l'univers,
Si , de l'Europe enfin , la balance est égale ,
Ici , chacun de nous , est un Sardanapale : (2)
Il aimait le bon vin, les plaisirs et l'amour;
Il bâtit *Anchiale* et *Tarse* , dans un jour ; (3)
Nous faisons à-la-fois vingt châteaux en Espagne,
Des bouquets à Cloé ; nous sablons le Champagne ,
Nous provoquons le tems , nous sommes sans remords,
Nous bravons les ennuis et la loi des plus forts.
L'un chante ses couplets, l'autre lit son poëme,
Celui-là, son épitre à la belle qu'il aime ;
Chacun apporte enfin , énigmes , madrigaux ,
Chacun vient au Lycée avec ses chalumeaux.
Un disciple d'Appelle et digne d'Alexandre , (4)
Nous peint la belle Hélène aux rives du Scamandre. (5)
Auteurs , Compositeurs , tout s'unit dans ces lieux ,

---

(1) Il y avait une montagne en Arcadie , consacrée à Jupiter et
à Pan , nommée Lycée.

(2) Roi d'Egypte , renommé par sa volupté.

(3) Lisez, Traité de l'éducation , l'épitaphe de Sardanapale.

(4) Appelle , peintre , et Lysippe, sculpteur , pouvaient seuls
faire le portrait et la statue d'Alexandre.

(5) Ce fleuve faisait le tour de Troye ; il roulait ses eaux au pied
du mont Ida , dans une plaine fertile et délicieuse.

La prison retentit d'accords mélodieux ;
Momus vient présider nos séances bachiques ;
Le vin, les vers, les sons, et d'amoureux cantiques,
Nous font des envienx, sans faire de jaloux,
Et nous font oublier le bruit de nos verroux.

Chargé de vous écrire en vers, ou bien en prose :
Lisez notre arrêté, voici ce qu'il m'impose :

Ne pouvant avec nous partager vos loisirs,
Boire du vin de Beaune, et chanter les plaisirs,
Nous vous avons inscrit, comme membre honoraire;
Et lorsqu'assemblés tous, dans notre sanctuaire,
Nous portons des santés, à nous, à nos amis,
L'on en porte à la vôtre, au désir d'être unis. (1)

_____

(1) Le docteur Pierre Brown, évêque de Couk, en Irlande, ne
pouvant souffrir qu'on bût à la santé du roi Guillaume, écrivit, en
1713, une brochure contre la coutume de boire à la mémoire de
qui que ce soit.

ÉLÉGIE.

Arrêtez-vous heures paisibles ,
Tendre Phœbé , retardez votre cours :
Calme délicieux , plaisir des cœurs sensibles,
Prolongez-vous , vos instans sont trop courts.
Mortels qui du malheur n'avez connu l'atteinte ,
Que sur vous le sommeil verse ses doux pavots ,
Ignorez à jamais que les pleurs et la plainte
Sont , pour l'infortuné , le sommeil, le repos.
 Il me fallut bien jeune encore
 Boire à la coupe du malheur ;
 Des maux que nous laissa Pandore ,
 Hélas ! aucuns n'ont épargné mon cœur.
Né dans ces lieux , où l'affreux terrorisme
Exerça si long-temps ses horribles fureurs ,
 J'ai vu le machiavélisme
 Porter partout ses talens destructeurs ,
J'avais quinze ans alors , et déja de Bellone
 Suivant les sanglans étendards ,
J'affrontais des combats les funestes hazards.
 Pardonne , Dieu puissant , pardonne ,
 Si de murmures indiscrets
 Je me rendis souvent coupable.
Aigri par la douleur , de tes justes décrets
 Je révoquai la sagesse admirable :

Mais, de quels coups aussi ton bras m'avait frappé !
>Tu me ravis, dans ta colère,
>Parens, amis, un tendre frère ;
>Au fer cruel, si je suis échappé,
C'est pour souffrir dans le séjour du crime
>Une injuste captivité :
>C'est, hélas! pour être victime
>De l'imposture et de la cruauté.
>Déesse autrefois révérée,
Thémis, reprends enfin ton antique splendeur ;
>Que dans ta balance sacrée
Je trouve la justice au défaut du bonheur.

OLLIVIER.

RONDE.

Air : .... *de la Marche Prussienne.*

CHANTONS nos belles,
Embellissons tous nos momens ;
Quoique loin d'elles,
Soyons toujours amans
Constans.

Aimer est un élan du cœur,
La constance est un vrai bonheur,
Trahir est une erreur,
Au tendre amour il faut être fidèles.
Chantons nos belles, etc.

Le berger gardant ses troupeaux,
Hercule filant des fuseaux,
L'Artiste, le Héros
Au tendre amour doivent rester fidèles.
Chantons nos belles, etc.

Sous le chaume, ou bien chez les rois,
Dans les villes et dans les bois,
Ou Sylvain, ou bourgeois
Au tendre amour il faut être fidèles.
Chantons nos belles, etc.

Sous la haire, sous le mousquet,
Sur la paille, sur le duvet,
 Robin, petit collet
Au tendre amour devenez tous fidèles.
 Chantons nos belles, etc.

Le malheureux dans sa prison,
L'homme libre dans sa maison,
 L'auteur sur l'Hélicon
Au tendre amour doivent être fidèles.
 Chantons nos belles, etc.

Si l'amour cause des soupirs,
Il nous venge par des plaisirs,
 Chassons de vains désirs,
Au tendre amour restons toujours fidèles.
 Chantons nos belles, etc.

D'Eve, Adam devint amoureux,
Tant de plaisirs nous viennent d'eux,
 Chacun pour être heureux
Au tendre amour, amis, soyons fidèles.
 Chantons nos belles,
Embellissons tous nos momens,
 Quoique loin d'elles
Soyons toujours amans,
 Constans.

Vouloir suivre tous les dinés par dates, ce

serait devenir ennuyeux; j'ai cru devoir m'en tenir aux trois premiers, et classer différemment le reste de mon ouvrage. Si j'ai une chose à regretter, c'est de ne pouvoir donner au public nombre de pièces, dont les auteurs ne sont plus ici.

Qu'ils ne soyent point en corps dans ce lieu de misère,
Cu souvent le malheur rétrécit les esprits,
Je conviens avec eux qu'ils ne pourraient mieux faire;
Mais ils pourraient au moins nous laisser leurs écrits.

RÉCEPTIONS.

RÉCEPTION

DES PRISONNIERS D'ÉTAT ARRIVANT A SAINTE-PÉLAGIE.

UNE des Muses, proposa à la société un plan de réception à faire aux prisonniers qui, comme nous, venaient en grand nombre habiter cette bastille.

Il fut arrêté à l'unanimité des neuf Muses, que l'on rassemblerait tous les musiciens; que nos amis du corridor se joindraient à nous, et que nous irions harmonieusement chercher, dans les guichets, la nouvelle victime des événemens.

On régla l'ordre de la cérémonie, et l'on nomma une Muse introductrice (1); chaque Muse qui présidait était chargée du compliment de condoléance, et le récipiendaire était initié aux mystères Pélagiens. (2)

_____

(1) Godeau, deuxième partie de ses poésies, églogue 4, se sert du mot introductrice.

(2) Hérétiques.

Marchait à notre tête un rival du Dieu Mars ,
Deux braves , le suivant , portaient deux étendards ,
Et dix musiciens , en marquant la mesure ,
Faisaient rendre aux échos de ces lugubres lieux
Les accords ravissans de sons mélodieux.

    Marche , fanfare , ouverture ,
    Symphonie , andante , presto ,
      Même un amoroso ,
    Tout au plaisir est facile (1) ;
Rien n'était épargné dans nos réceptions ;
     Nous apprivoisions
     Jusqu'au plus indocile ,
    Et chaque fois nous finissions
    Par le quatuor de Lucile. (2)

Le nouveau prisonnier , arrivé au son des instrumens , à la chambre qui lui était destinée , on lui chantait le cœur suivant.

CHŒUR DE RÉCEPTION.

Musique de M. de Saint.-Pern.

Pour être heureux dans cette vie ,
Pour y faire notre bonheur ,

---

(1) Nous entrions au parloir , donner une sérénade aux dames.
(2) Où peut-on être mieux qu'au sein de sa famille.

Mortels que la philosophie
Toujours éclaire notre cœur.
Ici , prenons de l'énergie ,
La peur y sonne le tocsin ;
Toi , qu'on amène à Pélagie ,
Apprends à braver le destin.   *bis*

Bravons la fortune ennemie ,
Dressons des autels au bonheur;
Amis , hélas ! quelle folie !
L'ennui vient troubler votre cœur :
L'amant regrette son amie ,
L'amour y sonne le tocsin :
Toi, qu'on amène à Pélagie ,
Apprends à rire du destin.   *bis*

Lorsque l'ame n'est point flétrie ,
Chacun doit prétendre au bonheur !
Mortels , de la philosophie,
Amis , maîtrisons notre cœur.
L'espoir console notre vie ,
J'entends qu'il sonne le tocsin ;
Toi , qu'on amène à Pélagie ,
Apprends à dompter le destin.   *bis*

CLOTURE DE LA RÉCEPTION.

Après le chœur général , la Muse qui nous présidait terminait la réception par un discours impromptu adressé au récipiendaire, qui, n'étant point prévenu de notre *sérénade Pélagienne*, quelquefois faisait aussi, impromptu, placer sur la table de sa chambre les liqueurs de Mars (1) et de Bacchus. Alors,

Des verres qu'à Paris l'on appelle canons, (2)
    Des rouillardes (3) de prisons,
    Devenaient notre guide.
  Tout était plein, bientôt tout était vuide,
    Et ces munitions
    Qui toujours ont des charmes,
Servaient à terminer nos évolutions.
    Muni de telles armes
    A de telles effusions,
jusqu'à celles du cœur, peu longue est la distance ;
  Plus d'un de nous entrait en connaissance,
    De questions en questions,
L'on doublait l'intérêt et les oblations ;
L'on portait des santés, sans aller à l'ivresse,
Et chacun finissait par boire à sa maîtresse.

---

(1) De la bierre.

(2) Mot populaire.

(3) Mot *d'ergo*, qui signifie bouteilles, et qui fait allusion à de vieilles épées.

Air : *de Malborough.*

Ainsi dans Pélagie
　　Nous passons　*bis*
　　Notre vie,
Nous buvons sans amie ,
Et seul nous nous couchons. (1)

---

(1) Je parle ici au présent, parce que nous sommes encore à Ste-Pélagie. Nous ne faisons plus de réceptions , vu que la société n'existe plus ; les mutations journalières étant la seule cause de notre séparation.

PIÈCES FUGITIVES.

LES ANTI-PÉLAGIENS.

Qu'avons-nous fait pour être à Pélagie ?
Nous prendrait-on pour des Pélagiens ? (1)
Tous, dans Paris, vivant en bons chrétiens,
Nous menions tous une joyeuse vie :
Mais, dans ces murs, privés de nos plaisirs,
Nous n'avons plus que d'impuissans désirs.
Quelle boutade, dans cette circonstance,
Fait contre-nous user de surveillance ?
Encore si, par un dépit jaloux,
Comme autrefois messires les époux
Y renfermaient leur moitié trop galante, (2)
En doux propos le temps se passerait,
Bientôt après l'amour s'en mêlerait,
La jeune Hébé deviendrait complaisante,
Et..... que sait-on ? la retraite en ce cas......
Ne pensons point à de vaines chimères,
Chassons l'amour, songeons à nos misères.

Pélagiens ! Nous ? Je n'en reviens pas !
Ces incroyans, dans leur nouveau systême,
Niaient la grace, ainsi que le baptême.
Et le péché qu'on nomme originel. (5)

---

(1) Hérétiques.
(2) Sainte-Pélagie était une Maison de Force pour les femmes.
(5) Ils niaient la grace de J. C., la nécessité du baptême, et l'existence du péché originel.

Mais, pour venger le fils de l'éternel,
Saint-Augustin, en termes canoniques,
A combattu ces fameux hérétiques : (1)
Nous n'avons rien avec eux de commun.
Ouvrons *Norris* (2), lisons-le page à page ;
Sommes-nous peints dans son savant ouvrage ?
Le temps passé peut-il blesser quelqu'un ?
L'eau qu'on versa jadis sur notre tête,
Et la salive, et le sel (3) que l'on mit
Dans notre bouche, en un tel jour de fête,
Nous rendit tous frères en Jésus-Christ.
Est-on coupable en recevant la vie ?
Est-ce un forfait pour être à Pélagie ?
Mais voudrait-on, s'en prenant au hazard,
Nous accuser du péché *d'origine* ? (4)
Dans ce bas monde, où chacun vient et part,
On a le rang que le sort nous destine.
Nous sommes donc Anti-Pélagiens !
Car, avec eux, renions-nous la grace ?
Pourquoi cloîtrés ? et sous des gardiens ?
Moi, je conclus, quoiqu'on dise et qu'on fasse,
Que bons croyans et pleins de probité,
L'on doit nous rendre à notre liberté.

---

(1) Saint-Augustin les a combattus dans plusieurs ouvrages.

(2) Le cardinal Norris a fait une très-savante histoire de leur hérésie.

(3) Le sel est regardé, chez les Arabes, comme le symbole de l'hospitalité.

(4) La noblesse.

A M. LEFEBVRE, Homme de Lettres.

Muré, grillé,
Verrouillé,
Libre d'esprit, de cœur et de pensée,
Du matin éveillé,
J'ai rimé quelques vers, ou plutôt rimaillé,
Car, dans cet obscur Musée,
Peut-on faire de bons vers,
Lorsque l'esprit à l'envers
L'on songe, tour-à-tour, au printemps, à sa belle,
Aux plaisirs de Paris, à vous, à l'univers,
Et que l'on songe enfin que l'on est dans les fers ?

J'ai lu, relu votre charmante épitre ;
Elle m'a fait passer d'agréables momens,
Recevez-en mes complimens :
Mais, quant à moi, misérable bélitre,
Aux muses je demande, en mon triste manoir,
Une muse palpable, au sourcil blond ou noir
Qui soit gentille, et qui puisse à ma verve
Faire trouver la rime à son joli. . . . . . menton,
En dépit des fâcheux, de la prude Minerve,
Et de l'ordre nouveau qui me tient en prison.

Sur Pégase monté, je prendrais bien la fuite ;
Mais il faudrait en avoir la conduite :
Ce n'est point dans ces lieux qu'il vient se rafraîchir,
L'Hypocrène est bien loin de Sainte-Pélagie,

Et j'en enrage ma vie.
Car, enfin, n'est-ce pas mourir
Que d'être là, tous les jours sans plaisirs,
   Loin d'Erato, loin de Thalie ;
  Enfin sans vous, sans une amie ?

Je rêvais cette nuit, rêver est un bonheur,
Je me croyais heureux, cela contente encore ;
   Mais, éveillé par l'aurore,
Je cherche autour de moi, ce n'était qu'une erreur ;
  Je vois s'enfuir la trompeuse Pandore,
Les songes, les plaisirs, et me frottant les yeux,
   Assis sur ma paillasse, (1)
Je me retrouve, hélas ! dans ces infâmes lieux,
  Loin de Paphos (2), et des ris et des jeux,
   De mes amis et du Parnasse.

  N'importe, il faut rire de tout
  Et ne jamais perdre courage ;
  Des hommes le tems vient à bout,
Encor du tems, c'est le secret du sage.

---

(1) Il y eut une ordonnance de la Préfecture de police, de retirer aux prisonniers les matelas de leurs lits et leurs vivres.

(2) Paphos, aujourd'hui Basso, à l'occident de l'isle de Chypre, dans l'Asie mineure : on rendait, de même qu'à Amathonte, un culte impur à la mère de l'Amour.

Notre Paphos parisien, où se rassemblent les Venus du boulevard du Temple, n'est-il pas digne de celui de l'ancienne Syrie ?

Il y a encore des personnes heureuses en combinaisons comme en titres.

A Mlle. CONSTANCE DE M.....

JE ne sais , belle Constance ,
Le moment de ma liberté ;
   Mais d'avance
 Je me plais , en vérité ,
A me faire une jouissance
Du jour qu'on me la donnera.
Sitôt libre , sitôt esclave ;
  A vos pieds on me verra
Chômer et la fête et l'octave ,
  Et vous prouver chaque jour ,
Par une ardente tendresse ,
  Mon cœur et mon amour.
Mais , hélas ! quand viendra ce moment d'allégresse :
    Instans futurs ,
  Instans que je désire ,
 Quand viendrez-vous me sourire ?
En attendant , de ces horribles murs ,
  Où contre moi le sort conspire ,
D'où je voudrais , troublant le sourd écho ,
  Emboucher la trompette , (1)

---

(1) *Gaïa* , traité des armes , dit que *Tirema* , fils d'Hercule , a inventé la trompette.

La trompette est fort ancienne , puisque *David* , pseaume 150 , exhorte le peuple à louer le Seigneur au son de la trompette. aussi les orgues d'églises ont-elles un jeu de trompette.

Dont le son renversa les murs de Jéricho;

Je soupire à la muette ;

Du pauvre et saint homme Job (1)

J'imite la patience.

Et du ciel, tous les jours, implorant la clémence,

J'attends, pour en sortir, l'échelle de Jacob. (2)

---

(1) La patience de Job est illustre. L'homme patient est plus cou-rageux que tout autre.

(2) A Saint-Jean-de-Latran, collégiale de Rome, dont Constantin le Grand jeta les premiers fondemens dans l'enceinte de son Palais, nommé *Lateraneuse*, à cause de la maison d'un Plantius Lateranus, laquelle en faisait partie ; sont joints deux petits bâtimens, et dont l'un passe pour avoir été le baptistaire de Constantin ; l'autre communément appellé le Sancta Sanctorum, renferme l'Echelle Sainte, composée de 83 dégrés de marbre blanc, et qui servait d'escalier à Pilate. On ne monte jamais ce dégré qu'à genoux : et il y a de grandes indulgences pour ceux qui y montent. Voici les dégrés qu'il me faudra pour sortir d'ici.

A Mr. F..... DE-LA-BASTIDE. ★

SUR SON ENTRÉE AU PARNASSE.

AVANT notre *liberté*,
Lorsque libres de nous, sous la loi d'un monarque,
Chaque prince français était un Aristarque,
A la cour de ces rois on était présenté,
Et l'on avait l'honneur d'entrer dans leurs carosses.
Si l'homme de la cour, fait pour la dignité,
Se trouvait glorieux de sa prospérité,
Vous devez votre gloire à vos talens précoces ;
A la cour d'Apollon soyez le bien fêté,
De la cour de *Louis* elle a la majesté.
    Admis par la déesse
     Qui préside à la jeunesse,
Montez aussi dans le char de Phœbus,
Faites en courtisan votre entrée au Parnasse ;
   L'on peut sans honte y briguer une place,
Et s'y mêler parmi les nouveaux parvenus.
Mais pensez comme moi, sur l'honneur des neuf belles ;
   Quand chaque jour, comme ces immortelles,
On fait autant d'amans et tant d'admirateurs,
    On peut les croire les neuf Sœurs,
    Et non les neuf Pucelles.

(*) Il y a eu un Monsieur de la Bastide, auquel Monsieur Genest écrivit une épitre sur Luther.

Le père de celui-ci était le rédacteur de la bibliothèque des romans.

J'engage ceux qui ne connaitront l'entrée au Parnasse, de le lire.

COLLOQUE.

D'ou viens-tu, cher Damon? de Gnide ou de Cythère?
    Quelle rose as-tu cueilli?
As-tu vu, de l'Amour, ou l'amante ou la mère?
    De ta conquête énorgueilli,
    Conte-moi ta bonne aventure.
    —Loin d'être bonne, je te jure
    Que de mourir j'ai failli;
    Cela se voit assez sur ma figure.
Ecoute: l'autre hiver, dans un bal, à Neuilly,
    Je vis Hortense, et je la trouvai belle.
    En la voyant mon cœur à tressailli;
Mon hommage secret fut bientôt accueilli;
    Je fis beaucoup de dépenses pour elle,
Et de dettes, enfin, j'eus une *kirielle*.
Bientôt, par des huissiers, me trouvant assailli,
L'on me mit en prison; j'y vécus recueilli:
En un mot, me voilà sortant de Pélagie,
Où, chagrin, j'ai perdu quatre mois de ma vie.
—En effet, je vois bien que l'an neuf t'a vieilli.

DÉFI

Des 50 Vers suivans, en deux heures.

Le baron de R... ac,
Beaucoup moins bien encore qu'au bivouac,
Ici comme au fond d'une caque, (1)
Dans son ample estomac,
Où jamais il n'entra ni casse, ni gayac,
Ni rhubarbe, ni thériaque, (2)
Mais force esprit de vin, qu'on distille à Cognac,
De même qu'un Morlaque, (3)

---

(1) Guillaume Buckels a appris l'art d'encaquer les harengs.

Henri IV, sans se faire connaitre, interrogeant un paysan sur ce qu'on disait, parmi le peuple, de sa conversion? le paysan lui répondit que la caque sent toujours le hareng.

Ce paysan n'était point un homme d'état; mais sa politique était naturelle. Souvent la pauvreté est la sœur et la compagne du bon esprit.

(2) Andromacus, médecin de Néron, fut l'inventeur de la thériaque.

Marc-Antoine, le philosophe, ne prenait de la nourriture que la nuit; et pour le jour il ne prenait que de la thériaque.

(3) Un Morlaque s'incline devant un gentilhomme, ou devant un avocat dont il a besoin; mais il ne les aime point. Ils apprennent seulement à lire, écrire et calculer. Pourquoi en savons-nous davantage ?

Prend du punch , prend du rack ,
Et fume , en Musulman, sa pipe de tabac.
Moins sévère qu'Eaque ,
Il juge de tous les mic - mac ,
Et des *cric* et des *crac*
Qui se font dans cette baraque.
Il joue assez bien au trictrac ;
En défendant son coin , l'autre coin , il attaque :
Toute école qu'on fait , lui vaut quelques points chaque.
Il prend des trous. Des trous ! mais avec son zig-zac , (1)
De même qu'en empire , il ne fait point trictrac ; (2)
Du reste , il sait son Thélémaque ;
Il parle quelquefois des quatrains de Pibrac ; (3)
Il critique souvent le critique Girac ,
Et quoiqu'on le dise un peu braque ,
L'on voit bien qu'il a lu notre fameux Balzac ,
Et qu'il sait d'un vers grec faire le pied *tribraque* , (4)

---

(1) Machine qui s'allonge.

(2) Terme allemand.

(3) Monsieur Dufour-de-Pibrac , avocat général au parlement de Paris , né à Toulouse , connu par ses jolis quatrains , pleins de sens et de raison.

Monsieur de Pibrac et Monluc avec lui , ont défendu la cause de Charles IX et de Henri III , contre les plus furieuses médisances des Calvinistes.

(4) Terme de prosodie grecque et latine. C'est un pied de vers composé de trois syllabes brèves.

Quelque *Généthliaque*, (1)
　Ou quelque faiseur d'almanach,
　Lui dirait, *ab hoc* et *ab hac*,
Tout ce qu'à sa naissance il vit au Zodiaque ;
Son meilleur horoscope est l'argent dans le sac,
　Du linge dans le havre-sac,
　　Une bonne casaque,
Avec la clef des champs, dût-il passer le bac (2)
　Pour aller dès ce soir chez la belle *Mignac*. (3)
　　Et par une Elégiaque,
Ou bien par un louis tiré de son bissac,
　En adroit et vaillant Cosaque,
　　En vigoureux Valaque, (4)
Faire avec lui coucher dans son hamac,
Quelque jeune tendron venant du Vieux-Brissac,
Du Japon, de Madrid, de Londres, ou d'Itaque,
Ou venant de Cahors, ou venant d'Armagnac ;
　Et dès demain, et sans *gnic* et sans *gnac*,
Laissant les hauts talons, et l'épée et le *claque*,
　Quittant Paris, ce dégoûtant cloaque,
Qui, pour l'homme d'honneur, est un vrai cul-de-sac ; (5)

---

(1) Celui qui fait l'horoscope.

(2) De la prison de Pélagie il faut passer le bac, pour aller sur le boulevard du Temple.

(3) Jolie limonadière près du Théâtre de l'Ambigu.

(4) Le Valaque (grec) observe un carême qui dure à-peu-près la moitié de l'année. Un voleur de cette nation observe régulièrement ce tems de pénitence.

(5) C'est un piège dans lequel viennent se faire prendre les émigrés et les chouans.

Et voyageant en poste , et *tic*, et *toc*, et *tac* ,
Un fouet à la main , en bottines, en fraque,
Et sur un bon bidet , couvert d'une chabraque,
Partir pour Angoulême , en baron de R.....ac.

EFFETS PERDUS.

L'on fait savoir à mainte et maintes gens ,
Soit dans Paris, dans les Départemens ,
Aux étrangers , comme par tout le monde ,
A tous partis , et sur tèrre et sur l'onde ,
Que si, parfois, l'on cherchait maints Auteurs ,
Prêtres , Marins , gens d'Épée , Imprimeurs ,
Républicains , Jacobins , Royalistes ,
Monarchiens , Modérés , *Riennistes* ,
Tous gens , enfin , qui n'étaient pas perdus ,
Mais qui le sont , puisqu'on ne les voit plus :
L'on saura , dis-je , et ce , sans calomnie ,
Qu'on peut les voir au Temple , à Pélagie.
Pour réclamer, il faut, à cet effet,
Se présenter au citoyen Préfet,
Chez le Ministre , ou chez leur secrétaire.
Or, ce faisant, et par un cas contraire,
A qui voudra retrouver son parent ,
Ou son ami, son époux , son amant,
A ceux enfin qui feront diligence ,
Nous promettons hommage et récompense.

ÉPITRE

A M. L'ABBÉ NARDINI,

Chanoine à Rome. (1)

Sous un ciel plus serein, jouissant de la paix , (2)
Oubliez, s'il se peut, les crimes des Français ; (3)
Et plein d'un sentiment qu'on doit à sa patrie,
Oubliez jusqu'au nom de *Sainte-Pélagie* ,
Les suppôts de police, et les mandats d'arrêt. (4)
Livrez votre belle ame à tout autre intérêt ;
Donnez à votre cœur d'aimables jouissances ;
Donnez à vos amis , à l'amour, aux sciences ,
Un tems que le hazard ne peut plus vous ravir.
Donnez au sentiment , et donnez au plaisir ,
Ce qu'il vous reste encor de feux et de tendresse.
Abandonnez vos sens à la plus douce ivresse ;
Jouissez du bonheur de voir ces lieux charmans ,
Où l'amour vous reçut au nombre des amans.

---

(1) Il y a eu à Rome un auteur du même nom , et de la même famille , dont les ouvrages ont servi à Monsieur Rodot , dans sa relation de la cour de Rome.

(2) Sorti de Sainte-Pélagie , il s'en est retourné à Rome.

(3) Il lisait , dans la prison , la vie de d'Orléans et celle de Robespierre.

(4) Il fut arrêté comme espion anglais : (il arrivait de Londres.)

Là, se portent nos vœux, et ne sont que délices,
Les lieux où le plaisir nous offrit ses prémices ;
De resserrer ces nœuds faites-vous une loi,
Et loin de mes foyers souvenez-vous de moi.

Allez dans ces beaux lieux, où la Nymphe Egérie
Du vertueux Numa se déclara l'amie : (1)
Mais n'étant plus, hélas ! au tems de l'âge d'or,
Au tems de Romulus, de Numa, ni d'Hector,
Où les Dieux, déposant leur gloire et leur puissance,
A de pieux mortels accordaient leur présence ; (2)
Conduisez avec vous quelque jeune beauté,
Animez, embrâsez votre divinité ;
Soyez Paupilius, par une douce ivresse,
Et recevez des lois d'amour et de tendresse.

Plus malheureux que vous, moins sage que Numa,

---

(1) Egérie, tout-à-la-fois, le guide, l'oracle et la maîtresse du sage Numa, avait sa grotte dans l'antique forêt d'où *Fannus* dictait aux Latins ses lois et ses oracles, et qui a été révérée de toute l'Ausonie.

(2) Presque tous les anciens Législateurs, se sont servi de ces moyens, parce que le peuple, ignorant, a besoin d'être trompé pour être heureux.

Scipion ne se faisait seulement pas admirer par les véritables arts et sciences qu'il possédait, mais aussi par un certain artifice qu'il avait trouvé, et dont il se servait utilement. Il faisait plusieurs choses devant le peuple, ou par le moyen des visions qu'il disait avoir eues la nuit, ou comme s'il en eût été divinement averti, et qu'on le lui eût inspiré du ciel.

J'ai négligé des feux que l'amour alluma :
Je n'ai plus d'entretiens , je n'ai plus d'Egérie ;
Hélas ! j'ai tout perdu , j'ai perdu ma Sophie !
Amours, grâces, plaisirs , pleurez tous mon malheur ,
Donnez tout ce qu'on doit à la vive douleur :
Grâces ne riez plus , plaisirs restez tranquilles ;

Amour , quitte mon cœur , et les champs et les villes ,
Vas, fuis loin des amans , redonne-moi des fers ,
Redemande Sophie aux Dieux , à l'univers ;
Enchaîne - la de fleurs , ramène - la fidelle ,
Aimante , tendre , bonne , et toujours aussi belle !
Mais afin de pouvoir la peindre à tous les cœurs ,
Prête - moi tes pinceaux , broye - moi des couleurs ,
Je veux faire un portrait digne des plus grands maîtres ;
Aux traits que je vais rendre, on pourra la connaître.

« La bouche de l'Amour, les beaux yeux de Junon, (1)
Les jambes d'Attalante et l'esprit de Ninon ;
Les grâces de Vénus , le port de Melpomène ,
Le front de la Pudeur et la beauté d'Hélène ;
Le sourire des Ris , la jeunesse d'Hébé ,
Le sein de Volupie (2) et le cœur de Tisbé :
Enfin , de Bérénice elle a la chevelure. »

De ses divers attraits , si j'ai fait la peinture ,

---

(1) Junon était surnommée *Boopis*, à cause de ses grands yeux.
voyez le Dictionnaire de la Fable.

(2) C'est la même que la Volupté , Déesse des Plaisirs.

Et si j'ai pris plaisir a tracer ses appas ,
Qui connaîtra son cœur ne s'y méprendra pas.
Elle est grande, elle est noble, aimable et généreuse,
A faire des heureux elle se trouve heureuse ;
Son ame , belle et bonne , est l'image des Dieux !

Je sais que les mortels sont peu judicieux ,
Qu'il est des cœurs ingrats qu'un bienfait humilie.
L'on reçoit un service , et bientôt on l'oublie ;
Ingrat par vanité , l'on ne veut pas devoir ,
L'amour - propre s'en mêle , et l'on conçoit l'espoir
De saisir à son gré la moindre circonstance ,
Qui paraisse exempter de la reconnaissance.
De faire des heureux , ne nous rebutons pas,
Il est encore doux de faire des ingrats.
Je préfère un bon cœur , à l'esprit, aux sciences ;
Donner , faire du bien , voilà des jouissances.
Pour être vertueux , faut - il être savant ?
Le meilleur des esprits est d'être bienfaisant.
La pensée est un art , l'art naît de la pensée ,
Mais quelquefois par l'art notre ame est abusée.

Malheur à qui l'esprit trop irreligieux
Nous entretient du ciel , sans respecter les Dieux,
Ou qui , dans ses écrits , en parle sans y croire :
Il faut avec son cœur faire accorder sa gloire.
Qui nous parle du ciel , doit être tout en Dieu ;
Qui parle de l'amour , doit être tout de feu.
L'extrême dans l'amour ne fut jamais extrême;

L'on écrit toujours bien , alors que le cœur aime :
Mais quand l'ame n'est point d'accord avec l'esprit ,
Le plus ingénieux peint mal ce qu'il écrit. (1)

Pour avoir de mes vers la juste récompense ,
J'écris avec mon cœur , je peins comme je pense. (2)
Aimez comme j'écris , pensez comme je peins ;
Gardez-vous d'imiter le commun des humains ;
Ils vivent pour mourir , voilà leur destinée ;
En comptant leur bonheur par jour et par année ;
Mais pour l'homme au-dessus des préjugés d'autrui ,
Un moment de bonheur vaut un siècle d'ennui.

Prenez-garde , en amour , de vous tromper vous-
même ;
On peut ne point aimer , en croyant que l'on aime.
Que d'amans sont ingrats , et n'aiment que pour eux ;

---

(1) Agrippa, avoue que lorsqu'il voulait composer sa déclama-
tion contre les sciences , il s'imagina d'être un chien qui aboyait à
tou'es sortes de personnes : et lorsqu'il voulut écrire de la *pyro-
technie* , ou des feux d'artifice , il se persuadait d'être changé en
un Dragon , qui soufflait le feu et le soufre par la gueule, les yeux ,
les oreilles et les narines.

Que de gens se sont cru des *Néron* , ou des *Busiris* , pour
mieux trouver les moyens de perdre ou d'exterminer le genre humain.

(2) Voltaire, écrivait à M. de La Faye : il faudrait penser comme
La Motte , et écrire comme Rousseau,

Que de penseurs ! que d'écrivains ! sont loin de réunir ces deux
qualités.

Sans aimer, sans amour, ils veulent être heureux !
Ils donnent tout aux sens, refusent tout à l'âme,
Vivent de passions, se consument sans flâme,
Mais ivres de plaisirs, qu'ils sont loin du bonheur !

Amans, pour être heureux rapportez tout au cœur,
Donnez au sentiment votre plus douce ivresse,
Soyez dignes de vous, dignes d'une maîtresse ;
Le cœur contre les sens a droit de réclamer :
Le plaisir de l'amour, est le plaisir d'aimer.

SAINT-DÉSIRÉ.

LES HUIT BÉATITUDES;

PAR Mr. LE FEVRE, HOMME DE LETTRES.

HEUREUX celui, qui, retiré du monde,
   Et de ses plaisirs dégoûté,
   Jouit dans une paix profonde
   D'une aimable sécurité.

Heureux celui, qui, dans la solitude,
   Mettant à profit ses loisirs,
   De son cœur fait l'utile étude,
   De ses livres fait ses plaisirs.

Heureux celui, qui, maître de soi-même,
   Et dégagé d'ambition,

N'aspire qu'au bonheur
D'une simple condition.

Heureux celui, qui, connaissant, abhorre
Amour, tes dangereux appas !
Plus heureux mille fois encore
Celui qui ne les connaît pas.

Heureux celui, qui, peu jaloux de plaire,
Et de captiver les esprits,
D'un seul ami tendre et sincère
Goûte l'inestimable prix.

Heureux celui, qui, cherchant l'art utile
De commander aux passions,
Peut, indépendant et tranquille,
Régner sur les impressions.

Heureux celui, qui, dans la douce ivresse
D'un cœur nullement combattu,
N'a pour objet que la sagesse,
N'a pour guide que la vertu.

Heureux, enfin, celui qui sans envie,
Et sans murmurer, peut souffrir,
Et qui ne désire la vie
Que pour apprendre à mourir.

RÉPONSE.

Monsieur et béat ami,

Un Béat pourrait-il s'exprimer plus heureusement que vous ? Ami, poëte et béat,

voici trois choses exquises ; mais craignez la
béatification , elle ne vous appartient pas ,
et je ne vous le souhaite point ; car, dit l'é-
criture : « Bienheureux les pauvres d'esprit ,
le royaume des cieux est à eux. » En vérité ,
ce n'est point là votre royaume. Quand à
moi , je n'écrirai ni en prose , ni en vers ,
au nouveau pape , pour solliciter de lui une
béatification , car je ne puis vivre saintement
à la manière des béatifiés.

Ce n'est pas que je sois fort sujet *aux visions béatifiques* , surtout le matin lorsque, je
suis encore au lit , et que je songe à la dame
de mes pensées. Elles sont parfaites , extrê-
mes , entières , ravissantes , indicibles ; mais
ce n'est point un cas à me faire béatifier ,
puisque la béatitude est une *vision de Dieu* ,
et que je ne vois que sa créature. Est-ce ma
faute ? qui donne des désirs ne peut les blâ-
mer , et nous doit des plaisirs.

M A U C R O I X, homélie première , dit que
l'ivrognerie nous rend indignes de la béatitude : le vin ne m'empêchera point d'être
béatifié ; mais l'amour en revanche..... C'est
un si joli péché ! ! ! Que m'importe qu'une

tête portant la tiare , me béatifie quand je n'existerai plus, lorsque l'enfant qui porte le carquois me couronne par les mains de ma belle.

Pour répondre aux huit béatitudes que vous me souhaitez, je vous en envoye huit autres quoique *Lucien* y ait déja répondu , parce qu'il nous dit en raillant dans son dialogue de Parasite :

« Le Parasite vit dans une parfaite tranquillité : en quoi consiste la béatitude ? »

MES HUIT BÉATITUDES.

Heureux celni , qui , des pattes du chat
    Sait tirer son fromage ;
    Ce mortel adroit et sage
    Est digne d'être béat.
Heureux celui , qui , voulant de la gloire ,
    Va chercher la victoire ;
    Mais s'il revient du combat
    N'est-ce point un béat ?
Heureux celui , qui , pouvant se suffire ,
    N'est point la victime d'un fat ,

Etre seul et s'instruire,
Selon moi, c'est être béat.

Heureux celui, qui, forçant la fortune,
A beaucoup d'or, boit le muscat,
Trinque avec la blonde et la brune ;
Voici vivre en béat.

Heureux celui, qui, se faisant notaire,
Pendant son notariat,
Sans être époux en a su faire :
N'est-ce point un béat ?

Heureux celui, qui, né dans l'Italie,
De sa belle, que l'on marie,
Trouve la clef du cadenat ;
N'est-il point un béat ?

Heureux celui, qui, loin de Pélagie,
Avec Hébé vit sans éclat :
Aimer, caresser son amie,
N'est-ce point être béat ?

Heureux celui, qui, pauvre, plat et bête,
N'est point en but aux gens d'état,
Celui qui peut sauver sa tête
A-coup-sûr est un béat.

Je vous souhaite, Monsieur, toutes les
béatitudes possibles : quant à moi, je désire-
rais avoir une béate, dussé-je doubler avec
elle les plaisirs des huit béatitudes.

LES DÉBATS.

AU JOURNAL DES DÉBATS.

Solemnité et lois n'empêchent pas
Qu'avec l'hymen l'amour n'ait des débats.
LA FONTAINE.

Depuis Adam l'on ne lit que débats ;
Toute l'antiquité nous offre des débats :
Quant à ceux d'aujourd'hui, mon oreille est battue ;
    L'opinion sans cesse est combattue,
Et l'on n'entend par-tout que plaintes et débats.
    A quoi servent tant de débats ?
    Je crois qu'il en faudra rabattre :
    Grands et petits, un rien nous peut abattre.
        Or, en de pareils débats,
        Laissons le guerrier se battre ;
Laissons la politique, et laissons ses débats ;
Laissons, sans en médire, un tendre amant se battre,
    Laissons l'hymen, l'amour et leurs débats.
    Ce que veut l'un, l'autre veut le combattre.
    L'on bat des mains au milieu des débats
D'un parterre qui siffle, et qui veut se débattre ;
Ici, sur le pavé, faisant le diable à quatre,
Un malheureux faquin se mêle de débats :
    Et, c'est ainsi que pour mieux nous débattre,
Nous avons vu crier le *Journal des Débats.*

RÉPONSE

A une lettre d'un de nos camarades qui, du dépôt, fut transféré à la dette, et qui pouvait y recevoir sa Maîtresse.

Monsieur,

Rien de si consolant pour le malheureux, que les soins d'une femme aimable.

> Un souris de l'Amour, un charmant tête-à-tête
> Embellit la prison, semble alléger nos fers;
> Quand on est le héros d'une aussi belle fête,
> On peut, sans être ingrat, oublier l'univers.

Vous pensez à nous, et c'est une double reconnaissance que nous vous devons, à vous un mérite de plus; quant à moi, je troquerais toutes les Muses pour une de vos séances.

> Vous êtes à Cythère, et nous sur le Parnasse;
> Nous chantons la beauté, vous fêtez ses appas;
> Nous pensons au plaisir, vous êtes dans ses bras;
> Nous avons les Neuf - Sœurs, vous avez une grâce.

A MON AMIE,

Que j'avais quittée en nous brouillant.

Je t'ai vu, mon amie !
Aimable, belle, et mon cœur amoureux
A frémi de te voir si jeune et si jolie !
Ah ! ne t'en fâche point, un amant malheureux
    A le droit de tout craindre :
L'amour a ses erreurs, comme il a ses plaisirs ;
    Et ne bornant pas nos désirs,
L'on sent parfois un bonheur à se plaindre.

A MADAME DE ★★★,

Qui s'était fâchée.

Vous me *grognez*, (1) dit-on,
Vous avez tort, Madame ;
Je sais bien qu'une femme
Pour elle a la raison,
    Et qu'elle la réclame ;
Je sais ses droits à n'avoir jamais tort.

(1) C'était le mot d'Henri IV, et celui de cette dame.

Mais comparons notre sort ;
Usez pour moi d'indulgence ,
Et me donnez un moment d'audience.
Vous êtes libre , et je suis retenu ;
    Vers vous chacun s'empresse ;
J'ai l'air d'être un enfant perdu ,
    Et comme un inconnu ,
Qui que ce soit à mon sort s'intéresse :
    On me plaint et rien de plus.
D'après cela, que votre *grogne* cesse ,
J'en appelle comme d'abus.

QUATRAINS.

IMPROMPTU.

Adorable Amélie , ô mon unique espoir !
    Toi que je vois , toi que je touche ,
Je ne maudis plus tant ces grilles du parloir ,
Puisque j'y peux cueillir un baiser sur ta bouche.

AUTRE.

L'autre jour au parloir, me demande une femme :
N'est-ce pas vous, Monsieur, qu'on nomme *Désiré* ?
Vous ne vous trompez pas, c'est bien moi ; mais,
    Madame ,
Je suis plus désirant, que je suis désiré.

AUTRE.

A MADAME DE ***,

A laquelle j'avais fait des Vers.

Phœbus a bien voulu m'inspirer quelques Vers,
Et me laisser rimer, quoiqu'étant dans les fers ;
Belle Constance, hélas ! si je portais vos fers,
Je ne m'en tiendrais pas à vous faire des Vers.

AUTRE.

A un Prisonnier.

Tous deux, depuis neuf mois nous sommes en prison ;
Le tems te paraît long et c'est avec raison :
Moins que toi je m'ennuie, et la chose est fort claire :
Je m'occupe toujours, et tu ne sais rien faire.

EPIGRAMME.

Chargé du poids d'une sentence,
Allant, venant, *cahin*, *caha*,
Et sans remords, sans conscience,
Jacobin, Royaliste, et puis.... *et cœtera*,
Marche dans sa prison, aidé d'une potence. (1)
Si celle-ci le porte, on dit qu'il ne mourra
Qu'à celle où, par arrêt, le bourreau le pendra.

(1) Béquille.

AUX FEMMES.

Femmes, que ne vous dois-je pas !
Que vos égards ont eu pour moi d'appas !
Une seconde fois, je vous dois l'existence.
Que je serais ingrat si, parmi mes erreurs,
Je manquais près de vous à la reconnaissance !
Je dois tout à vos soins, je dois tout à vos mœurs ;
Sans vous j'eus succombé sous le poids des malheurs ;
Vos consolations ont allégé mes peines :
   J'ai moins senti le fardeau de mes chaînes ;
   J'ai pu braver l'imposture et le sort ;
   Je braverais le supplice et la mort,
   Oui, près de vous, femmes consolatrices,
L'on oublie un moment l'horreur des injustices.

   Que je vous plains, malheureux prisonniers,
   Qui n'avez point de femme pour amie !
     Dans ces cachots de l'infâmie ,
     Où l'on veut flétrir nos lauriers,
Hélas ! qui vous protège ? Hélas ! qui vous console ?
Quelle main bienfaisante adoucit le malheur,
     Qui sans cesse vous désole ?
Qui vous rend à l'espoir ? Qui parle à votre cœur ?
     Ah ! qui peut mieux qu'une femme
     Ranimer votre belle ame :
     Qui peut mieux par des soins

Alléger tous vos maux et prévoir vos besoins ! ! !
Beau sexe, sexe bon, recevez mon hommage ;
A vous j'offre ma plume, à la gloire mon bras.
  O vous, que je chante, hélas !
 Dans mes malheurs, soutenant mon courage,
  Femmes, que ne vous dois-je pas ? (1)

---

(1) Plutarque nous apprend que Diane présidait à la sensibi-
lité des Dames de Lacédémone, et qu'elles y avaient une grande
dévotion. Femmes de tous les pays, vous êtes la consolation des
hommes de l'univers.

CHANT.

L' AMOUR,

APOLLON ET LE TEMS,

A

SAINTE-PÉLAGIE,

SCÈNE LYRIQUE ET ALLÉGORIQUF,

A TROIS VOIX;

DÉDIÉE

A LA SOCIÉTÉ DES DINÉS;

Musique de M. de HEYDER.

7

PERSONNAGES.

CUPIDON.

APOLLON.

SATURNE.

La Scène est à Sainte-Pélagie.

L'AMOUR,
APOLLON ET LE TEMS
A SAINTE-PÉLAGIE.

CUPIDON.

Je suis l'Amour, ne vous y trompez pas ;
Et je viens dans ces lieux entouré de ma gloire :
Je suis le Dieu des cœurs, de la paix, des combats ;
  Que de héros me doivent la victoire !
Que d'amans malheureux, je console en un jour,
Que de féroces cœurs j'adoucis sans contrainte,
  Dans mon empire on méconnaît la plainte,
Et tout mortel heureux, est heureux par l'Amour.

SATURNE.

Jeune fils de Vénus, qui connaît ton empire
  Ne peut te croire, et se laisser séduire.
Envain, à tous les cœurs, tu vantes tes appas ;
Tu sais bien les blesser, et ne les guérir pas.

CUPIDON.

Qui les console tous ?

SATURNE.

Le Tems.

CUPIDON.

Vieillard extrême,
Sans naissance et sans fin , ainsi dois - tu parler ?
Tu détruis , et je crée , on te redoute , on m'aime ;
Est-ce , lorsqu'on te craint que tu peux consoler ?
Je console les cœurs , avec toi l'on oublie.

APOLLON.

Pour vous mettre d'accord , écoutez je vous prie.
Si j'éclaire le Tems , j'allume ton flambeau ,
Et j'attends de tous deux de la reconnaissance.
Vous , laissez votre faulx ; toi , défais ton bandeau.
Au Dieu de l'éloquence
Accordez un moment ,
Cessez votre différent
Tous les deux , voici ma sentence.
Saturne et toi Cupidon ,
Ecoutez Apollon.

ARIETTE.

O vous , le père ,
Et toi le fils des Dieux ,
Venez-vous dans ces lieux
D'augustes malheureux
Augmenter la misère ?
Les Arts , l'Amour et le Tems ,
Sont les consolateurs du monde ;

Sur la terre et sur l'onde,
Les Arts , l'Amour , et le Tems ,
Consolent les amans.

CUPIDON.

O vous le père ,
Et moi le fils des Dieux ,

SATURNE.

O moi le père ,
Et toi le fils des Dieux ,

Venons – nous dans ces lieux ,
D'augustes malheureux
Augmenter la misère ?

CUPIDON.

Aimez.

APOLLON.

Faites des Vers.

SATURNE.

Attendez tout du Tems.

TRIO.

Consolons les amans :
Sur la terre et sur l'onde,
Les Arts , l'Amour et le Tems ,
Sont les consolateurs du monde.

LE PARLOIR.

A MADEMOISELLE DE ***

Air : *Daignez m'épargner le reste.*

Avec une permission,
Enfin, l'on voit femme aimable.
Est-ce amour ou compassion ?
Le savoir serait agréable ;
Car, sous la garde des verroux,
Où nous n'avons rien que le geste,
Je sens qu'il serait encore doux,
Trompant surveillans et jaloux....
Chut !... *ah ! je me tais sur le reste.* bis.

Bouche fraîche, regard malin,
Formes charmantes et parfaites,
Roses vermeilles sur le teint,
Taille svelte, jambes bien faites,
Sourcils arqués et jolis bras,
L'air de l'amour, un ton modeste ;
Pour un prisonnier que d'appas
Sans compter ce qu'on ne voit pas....
Chut ! *ah je me tais sur le reste.* bis.

Nous sommes des admirateurs,
Réduits au désir, au mistère ;

Est-ce assez pour des amateurs,
Pour des égrillards de Cythère?
L'on ne nous permet que l'espoir,
Le présent, on nous le conteste.
Ici l'on ne peut que se voir,
Mais sans la grille du parloir.....
Chut! *ah! je me tais sur le reste.* bis.

A ADÉLAIDE.

Air : *Lorsque dans une tour obscure.*

Adelaide, ô toi que j'aime!
Pour qui je sens battre mon cœur,
Pour moi reste toujours la même,
N'augmente rien à mon malheur.
Compte sur ma délicatesse,
Je ne connais point les détours :
Par-tout on aime sa maîtresse,
L'on chante par-tout ses amours.

Dans ce manoir de l'infortune,
Toi seule occuppes mes esprits,
Et loin de la classe commune
Je vais te tracer mes écrits.
Je te vois, t'entends, je t'admire,
Et tout est toi dans ce séjour :
Ton image vient me séduire,
Voici le comble de l'amour.

Si du malheur, ma tendre amie
Je suis victime en ce moment,
Crois que, dans le cours de ma vie,
Je n'eus pour toi qu'un sentiment.
O ma charmante Adélaïde !
Toi que j'adorerai toujours,
Que ton amant seul soit ton guide,
Ressouviens-toi de nos amours.

A SOPHIE.

Air : *Je te perds fugitive espérance.*

Je te plains ô ma belle Sophie,
Je te plains et je suis malheureux ;
Si pour toi j'aime encore la vie,
C'est qu'à toi s'adressent tous mes vœux.

Ne crains pas que je sois infidèle,
Ne crains pas un oubli de mon cœur,
Ne crains pas que j'aime une autre belle,
Ne crains pas une indiscrette erreur.

Aime-moi comme ton amant t'aime,
Aime-moi comme je sais t'aimer :
En amour on doit s'aimer de même,
En amour chacun doit s'estimer.

Le bonheur est au fond de notre âme,
Le bonheur est dans le sentiment,

Le bonheur est une pure flamme,
Le bonheur n'est point le changement.

Ma Sophie! à l'amant qui t'adore,
Ma Sophie! accorde un souvenir :
C'est pour toi que mon cœur bat encore,
Et pour toi je veux vivre et mourir.

A ÉLÉONORE.

Air : *Tandis que tout sommeille.*

La nuit, quand je sommeille,
Je te crois près de moi,
Je songe encore à toi
Alors que je m'éveille :
          Le sentiment
          A tout moment,
     A mon cœur te rappelle.
Le dieu qui préside aux plaisirs
Vient me présenter tes désirs....
Il ne reste que les soupirs
     A ton amant fidèle.

          Au travers d'une grille
     Je te vois chaque jour,
     Est-ce assez pour l'amour
     Lorsqu'on est si gentille ?
          Pour notre cœur

Est-ce un bonheur
De désirer sans cesse ?
L'on s'ennivre avec les plaisirs,
Mais n'ayant que de vains désirs,
L'amant ne vit que de soupirs,
Privé de sa maîtresse.

Le bonheur de te plaire
Me vaut tous les bonheurs,
Et j'aime les erreurs
D'un rêve imaginaire :
Car si l'amour
Dans ce séjour
Ne m'apparaît qu'en songe,
Récapitulant nos plaisirs,
Je sens naître d'heureux désirs,
Et savoure dans mes soupirs
Les douceurs du mensonge.

Comme moi, mon amie,
Sois fidèle à nos nœuds,
L'on n'est jamais heureux
Par une perfidie,
Il faut s'aimer
Et s'estimer,
Et c'est jouir encore.
Ressouviens-toi de nos plaisirs,
Ne forme pas d'autres désirs,
Pense toujours à mes soupirs,
Ma belle Eléonore.

A ÉLÉONORE.

Air : *Trouverez-vous un Parlement.*

A tout âge, dans chaque lieu,
On soupire, on aime, on adore;
Et je me crois un Demi-Dieu,
Puisque je t'aime Éléonore;
Loin de toi, dans ce triste lieu,
Un jour me paraît une année :
Si tu m'aimes je suis un dieu,
Je ne crains plus la destinée.

Un beau jour, le maître des Dieux,
Épris de l'amour le plus tendre,
En or descendit dans les lieux
Où Danaë semblait l'attendre.
Que n'es-tu le maître des Dieux?
Que n'as-tu son pouvoir suprême?
Que ne descends-tu dans ces lieux?
Je t'y prouverais que je t'aime.

A ÉLÉONORE.

Air : *Femme sensible entends-tu le ramage.*

ÉLÉONORE! à tes pieds l'on m'accuse,
Un vil rival veut te faire la cour;

Auprès de toi, trouve-t-il une excuse ?
Croit-il en vain insulter à l'amour. *bis.*

Éléonore ! auprès d'une autre belle,
Si par dépit, j'ai brûlé de l'encens,
Je brûle, hélas! d'une flâme éternelle!
Crois-en mon cœur, écoute mes accens. *bis.*

Éléonore ! ah ! si je suis coupable,
Ressouviens-toi que je suis malheureux ;
Songe un moment au destin qui m'accable,
Rends-moi ton cœur, le mien t'offre ses vœux. *bis.*

Éléonore ! ah ! reviens, je t'en prie,
Donne à mes maux des secours consolans ;
Avec l'amour, souvent on les oublie,
Et c'est ici tout l'espoir des amans. *bis.*

COMPLAINTE

Sur un ami qui avait été au secret, ainsi que sa femme
et son enfant.

Air : *Femme sensible entends-tu le ramage.*

CRUEL destin, arbitre de la vie,
Dans les cachots pourquoi nous engloutir?
Prends en pitié ma compagne chérie !
Sauve un enfant mon plus doux souvenir.

Si jeune, hélas! quel peut-être ton crime,

Toi que le sort précipite en ces lieux ?
Dois-tu déja devenir sa victime,
Qu'as-tu donc fait aux hommes comme aux Dieux ?

Va sur le sein de ta sensible mère,
De ses baisers recevoir les douceurs :
Je t'apprendrai combien tu lui fus chère,
Mais pour toujours ignore ses malheurs.

Toi dont le tems m'assure la constance
Aime à jamais le fruit de nos amours ;
Taris les pleurs de sa tendre innocence ;
Taris les tiens, je t'adore toujours.

A MADAME LA COMTESSE DE ★★★

QUI ME DEMANDAIT UNE CHANSON.

Air : *Le bonheur de Pierrot.*

JE chantais autrefois,
Mes plaisirs et Sophie,
J'accompagnais sa voix
De mon hautbois :
Aujourd'hui que l'envie
Empoisonne ma vie,
Voulez-vous que je sois
Comme autrefois ?
Je chantais autrefois

Au Parnasse, à Cythère,
Et sous leurs douces lois,
　　J'étais courtois.
Entre Lise et Glycère,
Le Pinde et le Mistère,
Puis-je encore faire un choix
　　Comme autrefois ?

　　Cupidon autrefois,
Pour fléchir quelques belles,
Me laissa faire un choix
　　Dans son carquois ;
Par ces flêches nouvelles
Je vainquis des cruelles ;
Mais ai-je son carquois
　　Comme autrefois ?

　　Hélas ! comme autrefois,
Pour vous chanter, Madame,
Je retrouve ma voix
　　Et mon hautbois ;
Aux élans de mon âme
Je sens que je m'enflâme,
Et je deviens courtois
　　Comme autrefois.

　　Daignez comme autrefois ,
O vous ! femme charmante !
Applaudir à ma voix
　　Comme à mon choix,
Du Dieu qui nous enchante

N'êtes-vous pas l'amante?
Je reconnais ses lois
Comme autrefois.

A MON AMIE.

Air des trois fermiers.

Sans un petit brin d'amour
L'on s'ennuie enfin à la cour,
Point de nuit, point de beau jour,
Sans un petit brin d'amour.
La nuit le jour
Tu me reviens en songe;
Mais l'amour fuit,
Qui l'eût prédit?
Dans mon réduit,
Ce n'est rien qu'un mensonge,
Je suis réduit
Au mot d'écrit.
Sans un petit brin d'amour, etc.

A LOUISE,

LE JOUR DE SA FÊTE.

Air : *Lorsque dans une tour obscure.*

Sous les verroux de l'infortune,
Triste victime du malheur,

Je traîne une vie importune
Loin de l'objet cher à mon cœur.
Vous seule êtes mon espérance,
Vous me consolez chaque jour;
Ah! pour moi quelle jouissance!
L'amitié veille pour l'amour.

LOUISE, ô vous, femme chérie!
Qui descendez dans ces tombeaux,
Vous qui partagez, en amie,
Et mon espoir et tous mes maux,
Recevez le sincère hommage
Que mon cœur vous doit dans ce jour :
Ah! que ne puis-je davantage ! ! !
L'amitié tient lieu de l'amour.

PRMIÈRE DÉPORTATION

DES JACOBINS.

Air : *Du haut en bas.*

CHACUN son tour,
L'un de pleurer, l'autre de rire,
Chacun son tour.
Il fallait s'attendre au retour,
Le crime n'est qu'un vain délire,
Et quoique l'on en puisse dire,
Chacun son tour.

Vils Jacobins,
Septembriseurs, juges iniques,
Vils Jacobins,
Troupe d'odieux assassins,
Ordonnez vos banquets civiques,
Entonnez encor vos cantiques,
Vils Jacobins.

Honnêtes gens,
Qui, sous des lois illégitimes,
Honnêtes gens,
Perdîtes amis et parens,
Soyez vengés de tant de crimes,
Ne craignez plus d'être victimes,
Honnêtes gens.

Honneur à toi
Qui nous défais de cette race,
Honneur à toi
Qui, contre eux, a fait cette loi;
Dans nos cœurs tu tiens une place,
Pour te chanter naisse un Horace, (1)
Honneur à toi.

_____

(1) Horace chanta Auguste. Horace était de *Venosa* autrefois *Venusia*, sa patrie, située dans la Pouille, à qui les Grecs donnaient le nom *d'Iapigie*.

RIEN DE NEUF.

Air du petit matelot.

QUE de Français, sur notre globe,
Veulent croire que tout est neuf;
Que d'esprits, nouveaux sur ce globe,
S'imaginent dire du neuf; (1) *bis*
Les anciens firent plus d'un globe,
Blanchard n'a donc rien fait de neuf; (2)
Les modes furent, sur ce globe,
Anciennement comme en l'an neuf. (3) *bis*

Plus d'une fille, sur ce globe,
A l'hymen n'offre rien de neuf,
Plus d'une vieille, sur ce globe,
Dit que le vieux vaut bien le neuf; *bis*
Moi je soutiens que, sur ce globe,
L'on veut du vieux, l'on veut du neuf;
Le vin vieux vaut mieux sur ce globe,
Mais, en plaisirs, on veut du neuf. *bis*

Les Mahométans, sur ce globe,

---

(1) Monsieur Perrault a fait le parallelle des anciens et des modernes.

(2) La flèche du scythe Abaris, le char magique de Médée, celui de Vénus, etc., etc., etc., étaient des ballons.

(3) Les souliers à la poulaine, c'est-à-dire, pointus, furent défendus sous Charles IX.

Eurent comme nous leur an neuf,
La monarchie eut, sur ce globe,
Comme les Romains son an neuf, *bis*
La République, sur ce globe,
A son tour est dans son an neuf;
Chacun a son tour, sur ce globe,
Et tout cela n'a rien de neuf. *bis*. (1)

L'on se révolta, sur ce globe,
Les révoltés n'ont rien de neuf;
L'on fait la guerre, sur ce globe,
Les batailles n'ont rien de neuf; *bis*
La politique, sur ce globe,

---

(1) L'année musulmane se nomme hégire, c'est-à-dire persécu-
tion, et se compte du 18 juillet : elle est de 354 jours de 12 heures
révolues.

La monarchie française a duré 1400 ans.

L'ère des Romains se marquait par *ab*, *u*, *c*, c'est-à-dire *ab
urbe condita*, en 'rançais, de fondation *de Rome*.

L'année Jullienne, réformée par César, est de 365 jours.

Depuis la création du monde jusqu'au déluge il y a un espace de
1656 ans, depuis le déluge jusqu'au siège de Troye il y a 1164 ans.

L'année des Hébreux, réglée depuis Noé, était de 12 mois de 30
jours chacun, à-peu-près semblable à la nôtre.

L'ère des Espagnols, qui sont ceux qui ont introduit cette manière de compter les années, est de 28 ans plus ancienne que l'ère
chrétienne.

L'époque du christianisme est depuis la naissance de J. C., né l'an
4708, la trente-troisième année du règne d'Hérode : 14 ou 15 mois
avant sa mort. J. C. avait 30 ans lorsqu'il se manifesta au monde,
et 37 ans et demi lorsqu'il mourut, à midi, le 3 avril, l'an 4746.

Ne peut inventer rien de neuf ;
Là, tout tourne comme le globe,
Comme le globe rien n'est neuf. *bis*

Cependant je vois, sur ce globe,
Des gens habillés tout de neuf ;
Je vois des faquins, sur ce globe,
Prendre un mauvais ton pour du neuf ; *bis*
Ah ! que de choses, sur ce globe,
Plus d'un badaud prend pour du neuf ;
Quant à moi je vois, sur ce globe,
Que tout est vieux, que rien n'est neuf. *bis*

ADRESSE AUX FEMMES.

Air : *A voyager passant sa vie.*

A vous, sexe créé pour plaire,
J'adresse mes chants et mes vœux ;
Vous êtes les Dieux de la terre,
Vous consolez les malheureux.
Ah ! rassurez mes mains tremblantes,
Daignez embellir ces instans ;
Auprès de nous, femmes charmantes,
Venez, venez passer le tems.

Jadis par cent ruses nouvelles,
Soumis, nous vous faisions la cour ;
Chacun de nous, près de nos belles,
Nous allions leur parler d'amour ;

Aujourd'hui , soyez complaisantes ,
Souvenez - vous de vos amans :
Auprès de nous , femmes charmantes ,
Venez , venez passer le tems.

Le tems est court pour la tendresse ,
Le tems est long dans le malheur ;
Mais , près de vous, tout est ivresse ,
L'on ne sent battre que son cœur.
Allégez nos âmes souffrantes ,
Par vos attraits, par vos accens ;
Auprès de nous , femmes charmantes ,
Venez , venez passer le tems.

LA FOUILLEUSE.

Air : *Du Maréchal - Ferrant.*

Vous qui *de par la loi,* fouillez ;
Vous , qui chaque jour , tâtonnez ,
Femmes , filles , laides et belles ,
Pour vous je fais cette chanson ;
Apprenez par cœur ma leçon ,
Chantez mes maximes nouvelles.
    Tâtez ça ,
    Tâtez là
Tâtez avec mistère ;
Tâtez sans être trop sévère.

De la brune au regard hardi ,

Croyez que le cœur attendri,
Pour son amant, meut et palpite;
D'impatience et de désir,
Ne retardez pas ses plaisirs,
De par l'Amour, fouillez la vite;
    Tâtez ça,
    Tâtez là
  Tâtez avec mistère;
Tâtez sans être trop sévère.

  Pour la blonde aux yeux languissans,
Ayez quelques ménagemens,
L'Amour caché sous sa paupière,
Avec son cœur est de moitié,
De son tourment ayez pitié,
Car chacun aime à sa manière;
    Tâtez ça,
    Tâtez là,
  Tâtez avec mistère;
Tâtez sans être trop sévère.

  N'effarouchez point la pudeur,
Toujours compagne de l'honneur
Que doit à l'amant, sa maîtresse,
Surtout lorsqu'il est malheureux;
Et que, dans cet asile affreux,
L'un et l'autre vous intéresse;
    Tâtez ça,
    Tâtez là,

Tâtez avec mistère ;
Tâtez sans être trop sévère.

S'il se présente devant vous,
Femme demandant son époux,
Dont la tournure soit galante,
Alors, faites votre métier ;
Sans crainte vous pouvez fouiller,
Car cette femme est complaisante :
      Tâtez ça,
      Tâtez là,
Et tâtez sans mistère,
Tâtez et soyez plus sévère.

Si dans un négligé galant,
Il vous vient un minois charmant ;
Si sa figure est amoureuse,
Si la tâtant elle sourit,
Si sur elle le tact agit,
C'est un avis à la fouilleuse ;
      Tâtez ça,
      Tâtez là,
Et tâtez sans mistère ;
Tâtez et soyez plus sévère.

Si ma maîtresse vient me voir,
Sans manquer à votre devoir,
Ah ! ménagez ma jalousie,
Seul, on désire la tâter ;
Plus d'un amant en peut douter,

Croire autrement serait folie ;
      Tâtez ça ,
      Tâtez là ,
  Tâtez avec mistère ;
Tâtez sans être trop sévère.

  Vous qui tâtez si joliment,
Si vous voulez , pour un moment ,
A mon tour vous tâtant moi - même ,
Vous comblerez tout mon désir ;
Empruntant les doigts du plaisir ,
Je tâterai jusqu'à l'extrême !
      Tâtant ça ,
      Tâtant là ,
  Et tâtant sans mistère ,
Ce tâtement a de quoi plaire.

ÉPIGRAMME.

A G....

Censeur, en qui le fiel abonde,
Je te souhaite en mon courroux
D'être jaloux de tout le monde,
Sans pouvoir faire de jaloux.

Ménégaut.

ACROSTICHE

A MADEMOISELLE DE B.....

Accepte, ô mon amie ! et mes vœux et mon cœur,
Il brûlera toujours, il t'aimera sans cesse ;
Mon âme s'éteindra plutôt que mon ardeur :
Ecoute ton amant, partage sa tendresse,
Et connais, avec lui, l'amour et le bonheur.

Ollivier.

CHANT.

A LA SOCIÉTÉ.

Air : *De la Pipe de Tabac.*

Amis, vous que dans Pélagie
Rassemble un injuste destin ;
D'une sombre mélancolie
N'attristez point notre festin. *bis*
D'une captivité légère
Pourquoi murmurer sans raison,
Je ne vois sur toute la terre
Que des malheureux en prison *bis.*

Voyez dans sa sombre boutique,
Le marchand du matin au soir ;
L'espoir d'une bonne pratique
Le tient cloué dans comptoir : *bis*
En vain une saison charmante
L'invite à quitter la maison,
Il a peur de manquer la vente
Et sa boutique est sa prison. *bis.*

Voyez un homme de finance
Enseveli dans ses bureaux ;
Qu'elle est pénible l'existence
De ce faiseur de bordereaux. *bis*
Il passera sa vie entière
Tapis dans sa triste cloison ;
C'est un esclave volontaire,
Et ses bureaux sont sa prison. *bis*.

De ceux qui possèdent les trônes,
Enviez-vous le sort pompeux,
Malgré l'éclat de leurs couronnes,
Qui fut jamais moins libre qu'eux *bis*
Le chef suprême de la France,
S'échappe en vain à Malmaison ;
La politique y tient séance,
Il n'a changé que de prison. *bis*

Tous les états de cette vie,
Vous le voyez, ont leurs tourmens ;
Il n'est que la philosophie
Qui les rende moins accablans *bis*
Semez donc des fleurs sur vos chaînes,
Fêtez les Muses, Apollon ;
Que celui qui cause vos peines
Soit jaloux de votre prison *bis*.

ECRON.

LE CHIEN CONSOLATEUR.

ROMANCE

MISE EN MUSIQUE PAR D. HEYDER.

Toi qui partages mon malheur,
Quand tout l'univers m'abandonne,
Tu fais qu'aux méchans je pardonne
De mon sort l'injuste rigueur :
Avec quel respect je te nomme ,
Toi le seul qui ne m'ait pas fui !
On te place au-dessous de l'homme ;
O mon chien ! tu vaux mieux que lui.

Si quelque officieux parleur
Survient pour soulever mes chaînes,
En m'entretenant de mes peines ,
Il ne fait qu'aigrir ma douleur.
Lui m'attriste par ses paroles ;
Mais toi, qui ne m'as jamais nui,
Sans m'affliger , tu me consoles ;
O mon chien ! tu vaux mieux que lui.

Ton amitié, même en ces lieux ,
Me procure encor quelques charmes ;
S'il vient à m'échapper des larmes ,
Je les recueille dans tes yeux.

Souvent en butte à mon caprice,
De l'homme qui se trouve en moi,
Je te fais sentir l'injustice ;
O mon chien ! je vaux moins que toi.

Tandis qu'oubliant tes égaux,
Tu ne vis plus que pour ton maître,
L'ingrat, par la loi de son être,
Ne s'occupe que de ses maux.
Il ne voit que son esclavage,
Lui qui ne devrait voir que toi,
Dont l'âme est à lui sans partage :
O mon chien ! tu vaux mieux que moi.

GUYON.

L'INCONSTANT.

Air : *Oh! oui l'homme le plus parfait.*

AMANS, aux langoureux soupirs,
Brûlez de flammes éternelles ;
Volez roucouler vos désirs
Près de vos tendres tourterelles ;
Moi, je préfère voltiger
Vers Adèle, Rose ou Silvie ;
Comme le papillon léger
Je veux aimer toute ma vie.

Lorsque l'inconstance ou la mort
Vous ont enlevé votre belle,
Vous voulez sur le sombre bord
Finir votre peine cruelle.
Pour moi je n'ai point la douleur
D'être quitté par ma tendresse,
Car, pour prévenir ce malheur,
Je sais la gagner de vitesse.

Amant qui veux plaire et jouir,
Quitte le ton de la romance,
La belle qui te fait languir,
Languit bientôt de ta constance ;
Le Dieu qui dispose des cœurs,
Au doux changement les appelle,
S'il les enchaîne avec des fleurs,
C'est afin qu'on les renouvelle.

OLLIVIER.

A M A R O S E.

Air : *De la Soirée Orageuse.*

Rose aimable, reine des fleurs,
En peignant la beauté que j'aime,
Viens, si tu peux de mes malheurs
Adoucir la rigueur extrême !

Charmante Rose, en te fixant,
J'apperçois la fraîcheur d'Hélène,
Et ma bouche, en te respirant,
Croit respirer sa douce haleine.

Ces larmes, dont chaque printems,
Par les mains de la tendre aurore,
Inonde tes boutons naissans;
Pour les rafraîchir, les éclore,
Chère Hélène, si tu voulais
T'enflammer au feu qui m'agite.
Je sais bien où je les verrais,
Quand ton cœur près de moi palpite.

Ma rose offre aussi la pudeur,
Dont souvent ton front se courousse.
Si je veux effeuiller sa fleur,
L'épine est là qui me repousse:
N'use pas de plus grands efforts,
Le plaisir est ta récompense,
Et n'oppose à mes doux transports,
Qu'une épine pour ta défense.

Si je veux entr'ouvrir son sein,
Sous mes regards le tien se place;
L'autel qu'un dieu fit de sa main,
Son heureux contour le retrace :
Mais ma rose est de ton amour
Egalement la triste image,
Elle naît et meurt dans un jour;
As-tu soupiré davantage ?　　　DE SADE.

REGRETS D'UN AMANT

SUR LA PERTE DE SA MAITRESSE.

Air : *Si Pauline est dans l'indigence.*

O mon Adèle ! ô mon Amie !
Ta perte est pour moi sans retour ;
La mort à jamais t'a ravie,
A mes transports à mon Amour ;
Chaque jour je te cherche encore,
Je t'appelle ; soins superflus !
A peine tu venais d'éclore,
Et déja tu n'existe plus.

Si quelquefois je me rappèle
Les courts instans de mon bonheur,
Que de larmes, ô mon Adèle !
Remplacent cette douce erreur.
Grands Dieux ! vous qui l'avez fait naître
Pourquoi sitôt trancher ses jours ?
Ne devais - je, hélas ! la connaître
Que pour la regretter toujours.

OLLIVIER.

ROMANCE

COMPOSÉE A SAN-DOMENGO, EN 1791.

Air...

Oiseau charmant, doux colibri,
Fleur vivante, mais fugitive,
Reste encore sous ton abri ;
Que ma voix dans les airs tienne ta voix captive :
Mais, si ton chant mélodieux
Veut peindre l'objet qui m'inspire,
par des sons plus harmonieux,
Chante le nom de Zélaïre.

Vois-tu ces brillantes vapeurs
D'où naît la féconde rosée ?
Sur ces rameaux toujours en fleurs,
Par la main de Zéphir, chaque perle est posée :
Dès que l'aurore est de retour,
Suivant un aimable délire,
Dans chaque perle mon amour,
Trouve le nom de Zélaïre.

Cristal mobile, humble ruisseau,
Jamais ton onde fortunée
Ne coula dans un lieu si beau ;
Suspends ton cours paisible, au moins une journée !

Mais, quand le vaste sein des mers
Recevra tes eaux que j'admire,
Cours apprendre à tout l'univers
Que je possède Zélaïre.

MÉNÉGAULT.

LE PRINTEMS ET L'ÉTÉ.

A MADEMOISELLE ET A MADAME***

Air :

Rose du printems est l'image,
Elle a sa riante fraîcheur ;
Hébé sous son charmant visage
Versait le nectar enchanteur.
Comme un bouton qui vient de naître
Brillent ses appas séduisans,
Puissé-je lui faire connaître
Le doux emploi de ses quinze ans.

De vous, aimable Amélaïde !
Que ne puis-je peindre les traits ?
On croirait la Reine de Gnide
L'unique objet de mes portraits.
A vingt ans vous venez d'atteindre,
Pour l'Amour, ah ! quelle saison !
Des myrthes qu'il mit à vous ceindre
Heureux qui fera la moisson.

OLLIVIER.

ÉNIGME.

Air : *Femmes voulez - vous éprouver.*

QUAND j'en parcours une à grands pas,
J'en roule une autre dans ma tête ;
De mon gousset trop plat, hélas !
L'autre à sortir bientôt s'apprête,
Qu'ai - je entendu ? d'où vient ce bruit ?
Malheur, peut - être, à plus d'un brave !
Ciel ! j'en vois trois sur mon habit ;
Oui, mais j'en ai six dans ma cave.

MÉNÉGAUT.

COUPLET

A MADAME DE ***

Qui me grondait de ma témérité.

Air : *Femmes que l'on fait trop parler.*

POURQUOI vous fâchez - vous toujours,
Quand, parfois, ma main inquiète
Veut s'égarer sur ces contours.
Que voile une gaze discrète ?
Vit - on la Reine des plaisirs
S'irriter contre un téméraire ?

Faites naître moins de désirs,
Ou laissez - moi les satisfaire.

OLLIVIER.

COUPLET

A UNE DAME

Que je voyais de la fenêtre de ma Prison.

Air : *Lorsque dans une Tour obscure.*

Lorsqu'ici je me désespère,
D'une injuste captivité,
Hélas ! de ma douleur amère
Ton cœur serait - il affecté ?
Ah ! j'oublîrais dans mon délire
Mes fers, et cet affreux séjour,
Si, dans tes yeux, je pouvais lire :
La pitié conduit à l'amour.

OLLIVIER.

A LA MEME.

Air : *Sans peine, à l'accent que je comprends.*

O toi ! qui brilles des attraits
De l'amour et de la jeunesse !
Laisse - moi lire sur tes traits.
Que mon triste sort t'intéresse.

Ah ! lorsqu'au plaisir de te voir,
Mon cœur se livre sans partage,
Puis - je me flatter de l'espoir
Qu'un jour je pourrai davantage.

OLLIVIER.

ACROSTICHE, A MADAME L.......

Air : *J'ai vu par-tout dans mes voyages.*

A l'aimable Dieu de Cithère,
Mon cœur est soumis sans retour ;
En vous aimant, j'ai cru sa mère
L'objet de mon sincère amour.
Ah ! si vous en avez les charmes
Il faut de même avoir son cœur ;
Du Dieu des combats et des armes,
Elle récompensa l'ardeur.

OLLIVIER.

IMPROMPTU

A UNE JEUNE PERSONNE

Qui m'avait désigné par signe, comme celui qu'elle
préférait de tous ceux qui étaient en prison.

Air : *Où trouverez - vous un Parlement.*

JE n'ose encor en ma faveur
Interpréter cet heureux signe ;

La raison contredit mon cœur,
Qui m'assure qu'il me désigne;
Mais, cependant, de mon amour
J'espérerais un doux partage,
Si vous accordez du retour
A qui vous aime davantage.

OLLIVIER.

BOUTADE.

Air : *de la Baronne.*

A Pélagie,
Vous passez vos jours si gaîment,
Que ce serait une ineptie
De vous sortir incessamment
  De Pélagie.

A Pélagie,
A celles qui viendront vous voir,
Vous pourrez donner, sans envie,
Quelques concerts dans le parloir
  De Pélagie.

De Pélagie,
Quand on aime autant les plaisirs,
C'est en honneur une folie,
De ne point borner ses désirs,
  A Pélagie.

De Pélagie,
La musique doit délecter
Mieux que celle d'Iphigénie,
Et pour l'entendre il faut rester
A Pélagie.

De Pélagie,
Quand on arme le bataillon,
Parens, liberté, tout s'oublie,
Et l'on n'a plus d'autre éguillon
Que Pelagie.

A Pélagie,
Voyant le gros S... en sapeur,
De l'enfance avoir la folie :
Hélas ! qui pourrait avoir peur
De Pélagie.

A Pélagie,
Quand M.. paraît en Sultan,
Quelle femme n'aurait envie
De venir passer un instant
A Pélagie.

A Pélagie,
Quand D... fait des couplets,
Bien facilement on oublie
Et les verroux et les loquets
De Pélagie.

A Pélagie,
Puisqu'il existe autant d'attraits,

Chantons l'amour et la folie,
Dussions-nous ne sortir jamais
De Pélagie.

DE SADE.

IMPROMPTU

Fait à la suite de la boutade, qui fut chantée à table.

Même air.

De Pélagie,
Malgré la chère et le bon vin,
Chacun de nous a fort envie,
De se voir dehors à la fin
De Pélagie.

BIGET.

IMPROMPTU

AU BARON D.... R....AC.

Air : *Du petit Matelot.*

O vous ! dont l'âme impatiente
En vain s'irrite de ses fers,
Sachez d'une plainte imprudente
Eviter enfin le travers.
La liberté vous est ravie ?
Eh bien ! imitez R.....ac ;

Il se rit d'être à Pélagie,
Avec du vin et du tabac. *bis.*

N'ayant plus d'argent, au ministre,
Sans hésiter notre baron,
En stile admirable de cuistre,
A fait une pétition :
Mais que croyez-vous qu'il demande ?
La liberté ? non, R . . . . . ac,
Pour faire à Bacchus son offrande,
Veut du bon vin et du tabac. *bis.*

Ah ! que ne puis-je, ô Diogène !
Vous peindre en un même tableau :
Lui, buvant à perte d'haleine,
Et toi, ferme dans ton tonneau :
Avec un sang froid impayable,
Tu comtemplerais R . . . . . ac,
Et lui s'écrirait sur sa table :
Donnez du vin et du tabac. *bis.*

OLLIVIER.

A U

PREMIER CONSUL.

O Toi ! qui sous ton étendard
Sus toujours fixer la Victoire ;
Toi, qui rappelle la mémoire
Des Alexandre, des César,
Unis, ô Bonaparte ! au courage indomptable
La justice et l'humanité :
Pénètre, enfin, la nue impénétrable.
Qui te cache la vérité.

Lâches, tremblez, et supportez sans plainte
Le poids de vos injustes fers ;
Vous méritez par votre crainte,
Votre malheur et vos revers :
Mais vous, vous que rien n'épouvante,
Parlez et réclamez vos droits.
O liberté ! liberté bienfaisante,
Jusqu'au héros fais retentir nos voix ;
Loin d'abuser de sa puissance
Il sut à notre erreur pardonner autrefois ;
Nous n'implorons plus sa clémence,
C'est à présent sa justice et les lois.

Il entendra, ce héros magnanime,
Les accens du juste opprimé ;
L'oppresseur sera comprimé ,
Et les cachots alors ne verront que le crime.
Je l'apperçois ce jour heureux ;
Bientôt il luira sur la France ;
Chaque Français libre et joyeux ,
Au sein d'une douce abondance,
Chantera ses exploits , ses vertus , ses bienfaits ,
Le retour de Thémis , le bonheur et la paix.

OLLIVIER.

Paris, ce 20 vendémiaire an dix.

LETTRE A M. B★★★.

J'ai reçu ta lettre hier matin, mon cher ami, j'aurais voulu y répondre aussitôt, mais je fus obligé d'ajourner au lendemain, et pour cause.

Air :

Je te jure, c'est malgré moi,
Si je ne pouvais hier t'écrire :
Ah ! je crains d'avouer pourquoi,
Cependant il faut te le dire.
Nous fêtâmes en déjeûnant
Le divin Bacchus et sa tonne,
Et j'éprouvai qu'en raisonnant
Parfois, la raison m'abandonne.

J'écris à un poëte, aussi j'avoue ma faute en vers, pour la rendre plus excusable : je crois en parler à un converti, c'est ce qui me persuade que je n'aurai pas beaucoup de peine à obtenir mon pardon.

J'espère que tu n'ajoutes pas foi à certains propos de certaine dame qui assure que cela m'arrive fort souvent, et qui certifierait pardevant notaire que je suis un franc vaurien et un mauvais sujet.

Si je m'étais rendu coupable auprès d'elle de ces délits, dont sans doute elle a eu à gémir plus d'une fois, j'applaudirais au zèle avec lequel elle me dénigre ; mais, ne nous connoissant presque que de réputation, je suis étonné de la hardiesse avec laquelle elle prononce sur ma conduite qu'elle ignore, et sur mes destinées futures qu'il lui plaît ne pas me prédire très-brillantes. Qu'elle apprenne, la bonne dame, que les bruits publics sont toujours extrêmement trompeurs. Ah ! qui plus qu'elle aurait à se plaindre, si on la jugeait d'après eux !!!! Je me tais, ne voulant pas être accusé de rancune : imitons plutôt les exemples édifians qu'elle nous donne ; pardonnons lui, elle pardonne tant de choses !!!!

Air :

L'amour, du plus grand cœur du monde,
Comme l'on sait, lui fit le don ;
Ah ! si quelquefois elle gronde,

C'est pour accorder un pardon :
Vit-on beauté plus accomplie !
L'ardent M ... vous le dira ;
Il dit encor l'avoir polie,
Et cœtera, et cœtera.

La chronique assure que ces *et cœtera* s'é-
tendent un peu au-delà des bornes prescrites
par le droit canon, et M ... dit beaucoup
de choses ; mais nous savons que la chronique est quelquefois sujette à caution. J'invite, en conséquence, le prochain *à appro-
fondir le fait*, avant de prononcer son juge-
ment ; ou, ce qui vaudra mieux encore, à
ne se mêler que de ses affaires, ne voulant
pas moi-même en faire la mienne.

Je te souhaite le bon jour et t'embrasse
de tout mon cœur.

Ton ami

A MADAME DE B...,..,..

IL est six heures du matin, et après avoir
songé à vous, après m'en être occupé, je
vous écris.

Je vous envoie *mes amusemens à Sainte-Pélagie*. Il en est d'autres pour moi ; mais ils n'appartiennent qu'à mon âme, et vous n'êtes pas sans vous douter de leur objet.

Si vous faites soupirer les cœurs, faites gémir les presses : quant aux *épreuves*, je me soumets jusqu'à la dernière.

Que d'épreuves dans le monde ! *Scuderi* se vante d'avoir exactement corrigé les épreuves des ouvrages du poëte Théophile, dont il était l'ami. Madame de la *Suze*, dans ses poésies, nous dit que l'amour est à l'épreuve de tout, lorsqu'il résiste à l'absence. Les nuits d'épreuve, pour les nouvelles mariées, sont admises chez plusieurs peuples, comme parmi les juifs. A quelles épreuves, pauvres amans, sommes-nous mis tous les jours !

Tout doit être éprouvé, même les amis : c'est pourquoi Monsieur *Pieyre*, en 1787, donna aux Français les Amis à l'Epreuve, et que messieurs *Favart* et *Grétry*, en 1771, donnèrent aux Italiens l'Amitié à l'Epreuve.

Hier, nous avons fini le douzième mois de l'an neuf, et nous entrons aujourd'hui dans les jours complémentaires, ou *Sans-*

Culotides. Nous n'avons ici que des gens à culottes, et cette monotonie n'est aucunement galante.

Je désire que le nouvel an républicain ne me retrouve point en ces lieux, mais à vos genoux.

L'on prépare à Paris, pour la fête prochaine,
    Des illuminations.
   Par deux, par six ou par douzaine,
Que les Parisiens brûlent leurs lampions,
 Je n'irai point de la foule ébahie,
    Partager les loisirs :
   O mon adorable amie !
   Mon cœur n'a d'autres désirs
Que d'aller à Vénus offrir une bougie !
Pour l'allumer ensuite au feu de nos plaisirs.

Voilà, je crois, s'exprimer en homme amoureux. Un de nos économistes, raisonneur à la glace, me demandait l'autre jour s'il était nécessaire d'aimer pour être heureux. Je lui répondis, que tout entrait chez nous par nos sens, donc l'amour était pour nous une nécessité.

   Il faut sentir pour bien entendre ;
Ce sont nos sens qui nous font tout comprendre.

D'après sa demande, permettez-moi de
vous demander moi-même si l'amour est un
bonheur ?

L'amour est-il un mal, l'amour est-il un bien ? (1)
   Ce que je sais, c'est que je n'en sais rien.
   Je sais pourtant qu'il nous cause des peines ;
Qu'il donne des plaisirs, comme il donne des chaînes,
   Que près de vous il me paraît charmant,
Qu'il est bien doux d'aimer et d'être votre amant,
Et que dans le moment où l'amour nous couronne,
Le plaisir qu'on reçoit vient de celui qu'on donne.

  Mais je m'apperçois que je suis prolixe,
que j'en dis trop.

   Gardons toujours quelque chose en amour ;
     Qui dit tout en un jour,
    Le lendemain dit de même :
    Tout ce qu'on dit, dit je vous aime.
    Parlons plutôt le langage des yeux ;
Ils disent mot à mot ce que le cœur inspire :
Dire tout en un jour, souvent n'est pas le mieux :
« Le secret d'ennuyer est celui de tout dire. »

St. Désiré.

---

(1) Mallebranche avoue que le plaisir rend heureux : Arnauld le
nie. Je m'en tiens à ce que je ressens.

MA MISE EN LIBERTÉ.

A LA PAIX.

L'OLIVIER de la paix, étendant ses rameaux,
Ombrage nos Cités, et la France et l'Europe :
Déja de toutes parts l'on ouvre les cachots.
Le sage, l'étourdi, l'amant, le misantrope,
L'homme libre, l'esclave, et les peuples divers
Ont enfin vu mûrir sa verdoyante olive : —
Chacun cueille à son tour sa récolte tardive,
Et moi-même, aujourd'hui, je vois briser mes fers. (1)
Là, le fils est rendu dans les bras de sa mère ;
Là, l'épouse sourit, et serre son époux ;
Et l'amant, dont le sort est encore plus doux,
Va cacher ses plaisirs sous l'ombre du mistère. (2)

Toi, que chacun désire, ô paix ! divine paix !
Pour goûter à mon gré le prix de tes bienfaits,
Que ne puis-je brûler au feu qui les enflâme !
Que ne puis-je comme eux partager ta douceur :
Hélas ! que ne rends-tu l'espérance à mon âme,
Ce que j'aime à mes vœux, et le calme à mon cœur.

ST.-DÉSIRÉ.

---

(1) Au bout de neuf mois, jour pour jour : c'est ce qui s'appelle aller jusqu'à terme.

(2) Le Ministre, qui s'inquiète peu si j'ai des intérêts de cœur à Paris, m'a envoyé sous la surveillance des autorités locales de Rouen.

Le mot de l'énigme, est *pièce*, où l'on trouve :

Pièce d'appartement.

Pièce de théâtre.

Pièce d'argent.

Pièce de canon.

Pièce sur un habit raccommodé.

Pièce de vin.

FIN.

ERRATA.

PAGES.

19. Vers 7, encore, *lisez* encor.
24. Vers 8, la l'Arcadie, *supprimez* la
50. Vers 8, le B.. *lisez* Olli. . . .
40. Après le 4e. vers, *vers oublié.* Sans l'amour tout est prison. (Comme au commencement du couplet).
58. Note (2), d'ergot, *lisez* d'argot.
66. Note (2), 2e. ligne, on rendait, *lisez* on y rendait.
68. Note (2), dernière ligne ; faudra, *lisez* faudrait
73. Vers 3, *abhoc et abhac*, lisez et prononcez comme en latin, *abhoc et abhac.*
Vers 6, le, *lisez* son.
75. Note (1) 2e. ligne, Rodot, *lisez* Nodot.
76. Vers 13, Paupilius, *lisez* Pompilius.
80. *Supprimez* St.-Désiré.
82. Ligne 6, quand, *lisez* quant.
89. 1er. Vers de l'épigramme, *lisez* P.... chargé, etc.
93. Au titre du Chant., dernière ligne, de Heyder, *lisez* : Heyder.
95. Vers 12, guérir, *lisez* guéris.
98. Vers 2, l'on voit, *lisez* l'on vous voit.
Vers 7, encore, *lisez* encor.
Vers 17, ce qu'on ne voit pas, *lisez* ceux, etc.
106. Vers 6, encore, *lisez* encor.
107. Vers 4, 7, 16, brin, *lisez* peu.
111. Vers 9, révoltés, *lisez* révoltes.
Vers 11, fait, *lisez* fit.
120. Vers 12, dans comptoir, *lisez* dans son comptoir

TABLE.

DES PIÈCES CONTENUES DANS CET OUVRAGE.

Loin de ce gros vilain obstacle,
Allons dans mes jardins anglais.
La voix répond : « Belle Princesse,
» Belzébut est présent par-tout,
» Je vous entends... la Tour suivrait sans cesse,
» Il faut de moi venir à bout ».

Lors un mouchard, venu des Gaules,
Dans la foule voit un Docteur
Qui fait sous cape un ris moqueur,
Et par fois lève les épaules....
Cet air de pitié lui déplaît.
DE PAR LE ROI, qui l'ignorait,
Il donne à croire qu'on l'envoie
Au spectateur qui ricannait;
Et, plus prompt qu'un oiseau de proie,
Lui met la main sur le collet.
Suivez-moi, dit-il, beau critique !
Il obéit. Qu'aurait-il fait ?
Le voilà devant le Cacique,
Mon mouchard dit ce qu'il en est ;
Mais le Roi, voulant qu'il s'explique :
« Vous n'êtes pas fou, lui dit-il,
» Si l'on en croit les apparences :
» Rire de ces extravagances,
» C'est montrer un esprit subtil.
L'interrogé dit : je m'en pique,
Et besoin n'est de parier.
Sire, pour tout l'or du Mexique
Je ne voudrais pas renier

www.ingramcontent.com/pod-product-compliance
Lightning Source LLC
Chambersburg PA
CBHW050658290626
47170CB00015B/1945